2000년대 재일조선인 시선집

▶ 엮은이 **김형규**

아주대학교 국어국문학과 졸업 후 동대학원을 수료했다. 박사학위를 받은 후 재일동포 문학연구 프로젝트에 참여하면서부터 최근까지 재외동포 문학의 어제와 오늘을 살펴왔다. 앞으로도 우리 안이나 바깥에, 우리 아니면서 우리 같은, 또는 그 반대의 삶을 사는 존재와 이야기에 관심을 이어가고자 한다. 현재 아주대 다산학부대학 특임교수로 학생들을 만나면서 이와 관련한 현실적인 감각과 그 이상의 영감을 얻는데 도움을 받고 있다. 『민족의 기억과 재외동포소설』, 『중국조선족문학의 탈식민주의 연구』(공저), 『재일동포한국어문학의 민족문학적 성격 연구』(공저) 등을 비롯한 다수의 관련 논저가 있으며, 한국현대소설학회, 한중인문학회 이사로 활동하고 있다.

2000년대 재일조선인 시선집

1판 1쇄 인쇄_2015년 07월 05일
1판 1쇄 발행_2015년 07월 15일

엮은이_김형규
펴낸이_양정섭
펴낸곳_도서출판 경진
등록_제2010-000004호
블로그_http://kyungjinmunhwa.tistory.com
이메일_mykorea01@naver.com

공급처_(주)글로벌콘텐츠출판그룹
대표_홍정표
편집_김현열 송은주 **디자인**_김미미 **기획·마케팅**_노경민 **경영지원**_안선영
주소_서울특별시 강동구 천중로 196 정일빌딩 401호
전화_02) 488-3280 **팩스**_02) 488-3281
홈페이지_http://www.gcbook.co.kr

값 30,000원
ISBN 978-89-5996-469-7 93810

※ 이 도서의 국립중앙도서관 출판예정도서목록(CIP)은 서지정보유통지원시스템 홈페이지(http://seoji.nl.go.kr)와 국가자료공동목록시스템(http://www.nl.go.kr/kolisnet)에서 이용하실 수 있습니다. (CIP제어번호: CIP2015017103)

2000년대 재일조선인 시선집

김형규 엮음

머리말

지난 2011년 여름이었다. 2005, 6년경에 진행했던 '재일동포 한국어 문학 연구 프로젝트'의 후속 작업에 대해 지금은 고인이 되신 김학렬 선생님과 상의를 했다. 당시 프로젝트를 마감하면서 자료집으로 재일조선인 문학 작품집을 간행했지만, 최근의 작품을 국내에서 출판해 '재일조선인 문학'에 대한 관심을 좀 더 확대하고 그 성과를 계속 이어가기 위해서였다. 프로젝트 결과로 출판한 자료집이 많은 사람들에게 공개되지 못한 사정도 고려한 의도이기도 했다.

2011년 말부터 작업을 시작했다. 기존 자료집에 해방 이후 작품들이 많은 부분 망라되어 있었기에 2000년대 이후 창작된 작품들 중 중복되지 않은 작품을 중심으로 우선 선별하기로 했다. 기본 원칙이야 이렇게 정했으나 실제 작업은 김학렬 선생님께 대부분 의지했다. 일본 현지에서 발간된 최근 작품을 국내에서 바로 확인하기가 쉽지 않았던 탓이다. 그뿐만 아니라 작품집 발간을 위해서 해당 시인들과 수록 여부를 상의해야 했는데 이 또한 국내에선 여의치가 않아 선생님께서 도맡아 주셨다. 선생님께서는 수록 후보 작품을 선별해 직접 입력해 보내 주시기도 했다.

출판 작업이 순조로이 진행되는 듯 보이던 차에 참담한 비보를 접했다. 한동안 선생님께 연락이 닿지 않아 궁금해 하던 중에 선생님께서 돌아가셨다는 믿을 수 없는 소식을 받았던 것이다. 출판 사항에 대해 이것저것 확인하시던 마지막 메일에서 "이역살이의 한 순간순간이 고충과 분격의 연속"이라는 사실을 새삼스레 되새기셨던 말씀이 그때서야 이해가 되는 듯했다. 선생님께서는 생의 마지막을 바라보면서 여전히 민족의 아픔과 처절하게 마주하고 있는 재일조선인의 삶을 다시금 강조해 두고 싶으셨는지 모른다.

충격과 안타까움으로 작업을 진행하기 어려웠지만 선생님께서 마지막까지 애쓰신 작업을 그대로 접을 수는 없었다. 재일조선인 문학을 국내에 소개해 민족문학의 영역을 확대하고, 작으나마 남북한 문학의 가교 역할을 하겠다는 애초의 의도 또한 저버릴 수 없었다. 그러나 일본 현지에서 발표되는 작품을 확인하기 어려워 추가 작품을 선별하는 것이 불가능했고, 수록을 결정한 작품의 교정 작업 또한 쉽지 않았다. 그러던 중 다행히 일본 현지의 재일본조선문학예술가동맹과 〈종소리 시인회〉 관계자와 연락이 닿았다. 작품 수집과 출판 사항에 대해 협의할 수가 있었고 그동안 발간된 시지 『종소리』 전부와 새로 발간되는 작품집 또한 받아볼 수 있게 되었다. 발표 원문을 직접 확인하게 되자 『종소리』에 발표된 모든 작품을 대상으로 수록작을 선별하기로 했다.

이렇게 일본 현지의 도움으로 새로운 탄력을 받을 수 있게 되었지만 정작 수록 작품을 선별하는 작업은 쉽지 않았다. 그동안 재일조선인 소설을 대상으로 몇 편의 글을 쓰기는 했지만 재일조선인 시에 대해서는 구체적인 연구를 수행한 적이 없었기 때문이다. 이런 부담감을 조금이나마 덜기 위해서는 『종소리』를 찬찬히 반복해서 읽는 수밖에 없었다. 그리고 한 명의 독자로서 시를 통해 재일조선인의 삶을 그려 보고 시인들의 감정을 따라가고자 애썼다. 그러다보니 정치적인 견해가 강하게 드러나는 시보다는 재일조선인이 내면화하고 있는 역사 감각과 그들이 겪는 일상적 경험이 구체적으로 드러난 작품에 눈이 갔다. 이것이 여기에 수록된 작품의 선별 기준이라 해도 무리가 없을 것이다.

재일조선인은 존재 그 자체가 우리 근대사의 상흔이다. 그들은 대부분 일제 식민지라는 민족사의 상처 속에 일본으로 건너간 조선인과 그 후손들이다. 관동대학살이 보여 주듯이 그들은 식민지 시기 내내 생존의 위협 속에서 제국의 주권 없는 신민으로 살았으며, 해방 후에는 외국인으로서의 차별까지 덧쓴 채 굴욕과 억압의 삶을 지속해 왔다. 더욱이 한반도의 분단으로 인한 남북 대립은 그들을 모국 어디에도 자신들의 정체를 쉽게 안주할 수 없게 만들었다. 서경식 교수의 명명처럼 그들은 말 그대로 일제강점과 분단이라는 우리 역사의 산증인이라고 할 수 있다.

이렇게 재일조선인은 우리 민족의 역사와 그 아픔을 온몸으로 감내하면서, 또 저항하면서 살아왔지만 그들의 삶은 아직도 차별과 소외의 상황 속에 놓여 있다. 짧지 않은 세월을 일본 사회의 한 구성원으로 살아왔지만 여전히 참정권이 제한되어 자신들의 정치적 의사를 적극적으로 개진할 수 없으며, 그들 스스로 만든 학교는 정식 학교로 인정받지 못해 기본적인 권리라 할 수 있는 교육에 있어서도 소외당하고 있는 처지이다. 한국과 북한 그리고 일본의 정치적 대립 관계가 심할 때는 아직도 조선인이라는 이유로 생명의 위협을 받기도 하고, 모국에서는 언어나 문화의 차이 때문에 半일본인이라 불리며 이방인으로 간주되기도 한다. 차별은 내면화되었을 뿐 약화되지 않았으며, 그들을 둘러싼 비국민의 경계는 더욱 견고해졌다.

재일조선인의 이러한 존재적 특성, 역사성과 경계성이라 할 수 있는 불안하고 유동적인 아이덴티티를 가장 예민하게 간직하고 드러내는 사람들이 특히 '조선'이란 표지를 고수하고 있는 사람들이다. 아직도 우리의 편견 속에는 '조선'이란 기호를 북한과 동의어로 생각하는 경향이 적지 않지만 그들의 국적이나 모국 의식은 그렇게 간단하게 간주될 상황이 아니다. 재일조선인 대부분이 그렇듯 분단된 모국의 현실 상황에서 그들은 하나의 국가를 선택해 국적이나 모국 의식으로 귀속하고 있지만 그들이 고수하는 '조선'은 현실의 국가적 질서에 맞아 떨어지지 않기 때문이다. 오히려, "타국의 뭍에서 바라보면 고국은 선히 하나로 나타나고 반만으로는 떠오르지 않는다"(홍윤표, 〈한 땅〉 중)는 표현에서 알 수 있듯이 그들에게 '조선'은 순수하게 민족적 지향을 간직한 공동체를 나타내는 표지에 가깝다. 〈종소리〉에, 총련에 소속되지 않은 시인들은 물론이고 한국, 중국, 독일 등에 거주하는 시인들의 시가 국적을 넘어 발표되고 있는 것도 그렇기에 가능하다고 할 수 있다. 그들이 지향하는 '조선'은 이제 식민지 시기 이전의 조선도, 반쪽짜리 조국도 아닌 분단 시대 이후의 민족공동체를 향한다고 봐야 한다.

재일조선인 문단, 특히 한글로 작품 활동을 하는 경우는 갈수록 축소되고 있는 상황이다. 여기에 수록된 시들의 작가들 대부분이 적지 않은 연배임을 보면 이러한 현상은 쉽게 짐작이 가능하다. 일본 사회에서 정주한 기간이 길어지고 그에 따라 일본어를 모어로 배우고 자라는 세대가 성장하는 것에 비추면 피할 수 없는 현상이라고 할 수 있다. 그러나 한글 문단의 축소가 가속화되고 있는 이러한 상황의 한편에는 재일조선인의 문학적 열망과 성과를 포괄하고 연계할 수 있는 유연함과 다양성을 미처 갖추지 못한 우리 민족문학의 현실적 한계도 있다는 점은 아쉬움이 아닐 수 없다. 재일조선인 문학은 식민지 역사와 분단의 현실을 고스란히 안고 사는 재일조선인의 역사를, 그리고 일본과 한국 그 어디에도 쉽게 귀속될 수 없는 비국민이라는 마이너리티 집단의 경험을 그려 낸 문화적 소산이라는 점에서, 그리고 지금 현재 재일의 특정한 생존 조건 속에서 공존과 평화 그리고 생명 등 인간 존재의 진실을 탐구하는 한민족 디아스포라의 한 모습을 보여 주는 생생한 발화라는 점에서 의의가 적지 않기 때문이다.

여기에 실린 작품들은 대부분 노시인들이 느끼는 황혼의 감성을 바탕으로 하고 있다고 볼 수 있지만 그렇다고 단순히 1세대들의 회미한 기억 속에 자리한 민족의식을 연장하거나 그에 대한 향수를 되새기는 데 그치지 않는다. 그들의 시에 드러난 민족에 대한 애정, 불합리한 차별에 대한 문제의식 등은 사회적으로 내면화된 차별과 국민적 질서에서 끊임없이 배제되고 있는 지금 현실 부조리에 대한 비판과 극복을 향하기 때문이다. 파농의 말대로 하나의 국어를 사용한다는 것이 하나의 세계를 받아들이는 것이라면 어쩌면 그들은 민족적 감성을 우리의 민족어로 담아냄으로써 민족과 문화가 하나 되는 순진한 열망을 여전히 치열하게 추구하고 있는 것인지 모른다.

물론 그들의 작품에는 우리의 통례나 규정에 비추면 다소 어색하거나 잘못된 표현이 없지 않다. 또 재일조선인이 겪어 온 세상살이의 무게 탓에 상처와 감상을 직설적으로 드러낸 경우도 적지 않다. 하지만 우리의 기준이나 감성으로 그들의 작품을 평가하거나 해석하기 위해서는 '우리와 다른 우리'라 할 수 있는 그들의 존재와 삶을 다시 한 번 찬찬히 들여다보는 것이 우선이다. 역사의 미망 속에 놓여 있는 구시대적 민족주의자들로 재단하거나 어쩔 수 없는 운명을 타고 난 특정 소집단으로 치부하기 전에 재일조선인이라는 이름으로 여전히 사회적 올무 속에 놓여 있는 지금 현재의 모습을 말이다. 그래서 팔순의 시인이 생을 마감하면서도 "이역살이의 한 순간 순간이 고충과 분격의 연속"이란 말을 남기게 되는 그들의 생각과 감성을 있는 그대로 살펴봐야 한다. 다소 다른 표현이나 실수가 있을지라도 원문 표기 그대로 옮긴 것 또한 이런 이유에서이다.

작품집을 엮는 데 오랜 시간이 걸렸다. 이메일에만 의지한 채 일본 현지와 소통하는 것도, 과문한 지식으로 많은 작품을 읽는 일도 엮은이의 힘에 부치는 일이었다. 그럼에도 많은 분들의 도움 덕에 이렇게 작품집으로 갈무리할 수 있었다. 일본 현지에서 작품을 수집하여 보내 주고, 관련된 정보를 일일이 확인해 준 서정인 선생님과 오홍심 선생님의 도움은 말할 것도 없으며, 흔쾌히 출판 작업을 맡아 주신 양정섭 사장님과 수록작들을 읽고 해설을 써 준 조은주 선생님의 역할도 큰 힘이 되었다. 특히 무엇보다 고인이 되신 김학렬 선생님의 열정이 없었다면 이 모든 일들이 가능하지 않았을 것이다. 고인의 뜻을 좇아 우리 민족문학이 좀 더 풍성해지길 바라는 마음으로 이 작품집을 내놓는다.

2015년 5월 엮은이 김형규

차례

정화흠
鄭和欽

1923년생

경상북도 영일군 출생

시집 『감격의 이날』(1980, 평양: 문예출판사)

시집 『념원』(1985, 재일본조선문학예술가동맹)

시집 『민들레꽃』(2000, <종소리> 시인회)

시집 『낮잠 한번 자고싶다』(2010, <종소리> 시인회)

	작품명	출전
1	바람	종소리시인집(2004)
2	풋고추	종소리시인집(2004)
3	무명초	종소리시인집(2004)
4	시	종소리시인집(2004)
5	사투리	종소리시인집(2004)
6	나무	종소리시인집(2004)
7	너희들의 고향은	종소리시인집(2004)
8	만년의 꿈	종소리시인집(2004)
9	고향방문시초	종소리시인집(2004)
10	세상을 떠나서도	〈종소리〉 21호(2005 신년)
11	봄향기	〈종소리〉 22호(2005 봄)
12	궤변	〈종소리〉 23호(2005 여름)
13	경제대국(1)	〈종소리〉 25호(2006 신년)
14	경제대국(2)	〈종소리〉 25호(2006 신년)
15	눈 내리는 밤이면	〈종소리〉 26호(2006 봄)
16	세월	〈종소리〉 27호(2006 여름)
17	방귀도 죄가 되는 땅	〈종소리〉 30호(2007 봄)
18	오늘 아침은	〈종소리〉 32호(2007 가을)
19	어디로 가야 하나	〈종소리〉 34호(2008 봄)
20	낮잠 한번 자고싶다	〈종소리〉 35호(2008 여름)
21	알수 없는 일	〈종소리〉 44호(2010 가을)
22	제땅을 등지면	〈종소리〉 52호(2012 가을)
23	생각	정화흠 시집 『낮잠 한번 자고 싶다』(2010)
24	장관님에게	〈종소리〉 56호(2013 가을)
25	눈앞이 흰해진다	〈종소리〉 56호(2013 가을)
26	가랑잎	〈종소리〉 57호(2014 신년)

바람

봄이 왔다고
귀띔을 해도
로목은
기척이 없다

뒤틀린 몸뚱아리
찢어진 줄기
헐어진 벌집 같은 옆구리
울퉁불퉁 땅우에 튀여 나온 뿌리

얼마나 바람이
모질게 불었으면
저리도 끔찍히
상처를 입었을가

생각하면
바람 많은 섬나라
저런 참상이
어디 로목뿐이겠나

바람에 몰려 와
바람에 희생된

그리운 친우들의 검은 눈동자가
로목과 더불어
멀어 가는 내 눈에 와 박힌다

풋고추

고추는 작아도
맵다고 하거니
고추의 노래 어이 길가
땅좋고 물맑아
해빛도 밝아
빛갈 고운 풋고추
입맛 좋은 풋고추

오늘도 저녁상엔 풋고추라
그 맛은 조국의 맛
그 맛을 잃지 않고
내 삶의 한길에서
맵게 살았던가
이 작은 풋고추에도
내 한생을 비쳐주는
아, 조선의 풋고추!

무명초

수림속에 자라난
키 작은 풀 한 포기
이름이 무엇인지
아무도 모른단다

길 가는 사람도
모른다 하고
이름난 '식물학자'도
팔짱을 낀채로 답이 없다

아는 이 하나 없고
고운 꽃 한 송이 피우지 못했어도
어둑한 숲 잡목들 속에서
제 운명을 제 힘으로 떠메고 자라는
그 얼굴에
웃음이 아름답다

이름이 없은들
무슨 수치랴
떳떳이 고개를 들자꾸나
그 목에
꽃 목걸이를 걸어주마

시

시는 말이 아닙니다
시는 글이 아닙니다

시는
지심에서 솟아나는
티없이 맑은 샘물입니다
삶의 상상봉에 피여나는
아름다운 꽃입니다

시는 노래가 아닙니다
시는 유희가 아닙니다

시는
눈물젖은 가슴들을 어루만지며
무르녹은 사랑의 푸른 숲속으로
형태없이 이끌어주는
향기로운 미풍입니다

정화흠(鄭和欽)

사투리

형님요!
죽으믄 구만 아잉기요
우야든지간에
오래오래 살아야 합니더

무뚝뚝한 악센트
물큰 풍기는 흙 냄새
경상도 산골 토배기에게는
찰떡보다 맛이 나는 사투리다

찡해지는 코잔등
목구멍을 솟구치는 그리움
말라붙은 가슴 속에
어느새 봄눈 녹은 개울이 물결친다

내에게 고향 사투리는
가래 섞인 아버지의 음성
어머니 무쳐주신 씀바귀 저녁상
버들피리 꺾어 불던
정겨운 동무들의 웃음소리

그리고

이국풍상에 멍든 가슴을
쓰다듬어 주는 따스한 손길이고
꿈이 오가는
동생과 나와의 그리운 사자

오냐 동생아!
오래오래 사마
그래 통일을 보기 전에
어떻게 죽을수 있겠노

동생아!

나무

높고 반듯한 나무만이
나무가 아니다
낮고 굽어도
나무는 나무인것이다

아무리 낮고 굽어도
갖출것은 다 갖추어
뿌리를 내려서
산을 지키고
잎을 피워서
매마른 땅을 기름지운다

그런데도 함부로
베어버리는 사람이 있다
낮다고
굽었다고
보잘것 없고
쓸모가 없다면서

이미 홍수를 만나
산도 잃고
땅도 잃고

집마저 떠나보내고서야
그제사 ≪나무여≫하는
사람도 있다

너희들의 고향은

이국에서 태여난
아이들아
차별의 바람속에
자라나는 아이들아

너희들에겐
태여난 곳이
고향이 아니다
자라난 곳이 고향이 아니다

고향이 어디냐고
묻는 아이들아
고향이 없다고
고개를 떨구는 아이들아

제비도 고향은 있어
봄이면 제 고장을 찾아드는데
너희들에게
어찌 고향이 없겠느냐

저기를 보라
우리 말 우리 글

우리 노래소리
랑랑히 울려퍼지는 저기

책을 펼치면
내 조국 산과 들이
달려나와 두팔 벌리고
포근히 안아주는 저기

저기로 가자
저기로
저기가 너희들의
고향이란다

손에 손 잡고
어서들 가자
고향이 기다린다
우리 학교가 기다린다

만년의 꿈

흐르는 강물같이
구름속에 달 가듯이
나는
그렇게는 안갈거야

밤을 우는 새같이
늦가을 우는 귀뚜리 같이
나는
그렇게도 안갈거야

모처럼 태여나서
한평생
갈라진 조국땅의 흙먼지 덮어쓰고
소리없이 울면서 갈수 있겠나

어차피 갈바에야
계선이 없는
저 북극의
백곰이 되여 갈테야

천고의 설원우
북두칠성 응시하는 밤

통일의 ≪한일자≫ 피로써 그려놓고
≪아리랑≫부르며 내 갈테야

고향방문시초[1)]

가깝고도 먼 길

—서울행 기상에서—

고향길은
그리도 가깝더란다
아니다 고향길은
그리도 멀더란다

비행기로 날으면
2시간에 닿을 길을
60성상 고초 끝에
이제사 올랐으니

웃어야 좋을지
울어야 좋을지
하늘을 날으는 꿈같은 길에
흘러간 세월의 구슬픈 여운

---

1) 2004년에 발간된 『종소리시인집』에 〈가깝고도 먼 길〉, 〈상봉의 울음〉, 〈모두다 어디로 갔을가〉, 〈성묘〉, 〈불국사〉, 〈고도의 달밤〉, 〈부산의 밤〉, 〈만찬회〉, 〈잘 있으라 서울아!〉 등 9편의 시가 〈고향방문시초〉란 큰 제목으로 묶여 있다. 그 중 세 편을 소개한다.

구름이 갈라진 틈서리로
언뜻 보이는 반달 같은 항만
저기가 꿈에조차 잊을수 없었던
내 고향 영일땅이 분명하구나

추억도 재가 된 이 가슴에
그 옛날이 소생한다
마지막 남은 목숨이
홰를 치며 퍼덕인다

상봉의 울음

—김포공항에서—

기내에서
나는 나에게 언약했지
울지 말자고
울어서는 인된다고

고향을 버리고
혈육을 등지고
한평생 돌같이 살아온 내가

울어서야 체면이 서겠는냐고

태연하게
동생들을 대해야지
서로가 안고서 딩굴지라도
혀를 사려물고서라도 울음만은 참자고

그런데 내가 운다
동생을 부여안고
서로 볼을 비비며
황소 울음을 터뜨린다

쑤셔놓은 벌집처럼
북적대는 사람들속에서
미친듯이 내가 운다
7일간을 울기 위해
7년간을 땅속에서 자라온 매미처럼

성성한 백발을 이고
내가 운다
다시는 돌이킬수 없는
멀리로 흘러간 세월을 운다

성묘

—부모님 산소에서—

63년만에
부모님 무덤앞에
내가 선다

나는 순간
터진 물목이 된다
쏟아져 나오는 눈물
그칠줄 모르는 눈물

나는 철없는 아이가 된다
무덤에 울굴을 묻고
목구멍이 터지라고 울부짖는다
아버지를 부르며
어머니를 부르며

나는 마침내
바위가 된다
눈물도 진하고 기력도 진한
엎든채 그대로

굳어진 바위가 된다

바람소리 솔소리
지저귀는 뫼새소리
이젠 그만하라고
자꾸만 옆에서 귀띔을 한데도
나는
눈물로 굳어진 바위가 된다

세상을 떠나서도
—존경하는 종숙모를 추모하며

열일곱나이에
남편을 잃고
흰옷으로 단장한 종숙모님은
닭이 울면 호미 들고
건너산 비탈밭에 나갔습니다

일년 열두달
봄내, 여름내 밭에서 살고
겨울의 긴 밤은
길쌈으로 밝히신 종숙모였습니다

철없는 나에게는
그런 삶이
소름이 끼치도록 싫었습니다
건네시는 말씀에도
고개를 돌리고
어리석은 사람이 하는 일이라며

내 일본으로 떠나던 아침
두손으로 내 손 꼭 잡고
제 고장을 잊지 말라시던
그 말씀도

나에게는
먼 산의 메아리였습니다

사람의 삶이란
알듯 하면서도 모르는것
이불속에 다리를 쭉 뻗치면
어느새 싫던 그 삶이
잡아주신 두손의 그 체온이
나를 부릅니다

세상을 떠나서도
제 고장에 맴돌면서
예와 다름없이 흰옷에 호미 들고
이국풍상에 백발이 된
이 머리를
발끝까지 숙이게 하십니다

봄향기

눈을 털고
백매가
계절을 고한다

가지마다
방실방실
봄향기 풍기면서

반 남은 허파로
용케도 살아
가슴 가득 들이쉬는
이른봄향기

눈물 많은
사람들아
가슴을 열라

겨울을 이겨낸
한그루 백매가
봄을 고한다
감미로운 사랑을 풍긴다

궤변

정성이 지극하면
들우에도 꽃이 필거라고
강물은 흐르면서 말하지만

지금은 겨울
조금만 참으면
봄이 올거라고
바람은 지나면서 속삭이지만

늙은이들은
선술집 문턱에 걸터앉아
낙지다리 뜯으면서
퍼런 입술로 툴툴거린다

강물에 속고
바람에 속고
남은것은
누더기와 늙음뿐이라고

그래도
강물은 말하고
바람은 속삭인다
사람세상이란 다 이런거라면서

경제대국(1)

너는
묻힐 땅이 없어서
절간 지하실로 가고

나는
부은 눈으로
집으로 돌아온다

고운 맘씨들은
거북같이 살다가
바람처럼 가버리고

거짓과 위선
탐욕과 주먹이
낮을 지배하는 경제대국

참삶의 외로움
외로움을 이겨내는
삶의 어려움

나는 외로움을 벗어난
네가 그리워
혹시나 하고 창문을 열어본다

경제대국(2)

가로우에
락엽이 딩군다
벌써
겨울이 오나부다

병자에겐
추위가 질색이다
한쪽 허파에
말라버린 풀잎같은 몸으로
이 겨울을
어떻게 지낸담

문득 바람소리에
고개를 드니
석유값이 오른다
봄에 오른 의료비가
또 오르고
눈꼽만한 년금은
내려만 가고

이거, 참
어떻게 한담

갑자기 열이 오르고
기침이 나고
숨이 가빠진다

경제대국-일본
뒤골목은
병자에겐
사철이 겨울이다

눈 내리는 밤이면

한가한 산촌
노루꼬리 하루해가 지고
눈이 내리면
마을은 죽은듯이 고요하다

밤이 되면
희미한 호롱불아래
몸져누우신 아버지의 기침소리
고요를 깨치고

처마밑에 걸어둔
배추시래기가
들이치는 눈발에
와삭거린다

한줄기 빛도 없는 밤
눈은 펑 펑
내 어린 가슴속에도
내리고 쌓이여
뜬눈으로 밤을 새울적

이옥고

새벽까마귀 우는 소리에
아, 날이 새는구나고
그제사 이불속에
발을 편 나

눈 내리는 밤이면
지금도
멀리로 흘러간
그 밤에 내가 선다

땅도 집도 빼앗기고
가난에 쫓긴
나라 잃은
산촌의 그 밤

세월

불을 끄고
눈을 감으니
파란 하늘 바라보며
가슴이 공처럼 부풀어오르던
내 어린시절이 달려오고
현해탄 검은 물결우에
꿈을 싣고 건느던
내 어리석은 날이 보인다

그러다가
잠이 들면
백발에 죽장 짚고
이국살이 상처를 누더기로 감추며
허물어진 옛집으로
말없이 찾아드는 나를
내 어린시절이 마중나온다

세월이 이런거란 몰랐다면서

방귀도 죄가 되는 땅

방귀는 구리다면서
구린것은 독가스라면서
독가스는 ≪대량살인무기≫라면서
오늘 아침
강건너 김씨를 꽁공 묶어갔다

방귀는 생리적인것
나오는걸 어떻게 한담
참다 못해 한방 터친
그것이 죄가 되였다나

귀에 걸면 귀걸이
코에 걸면 코걸이식으로
등록증이 ≪조선≫이면
공자님도 무조건이다

돈이 있으면 돈에
기술이 있으면 기술에
장사를 하면 장사에
지어는 녀학생의 치마자락에도
떼를 지어 걸고드는 검은 무리들

래일은 또
누구에게
무엇을 걸고들 수작이냐
경찰청 창문만은
낮이 밤이다

오늘 아침은

별난 날도 아닌데
오늘은 아침부터
가슴이 울렁인다

이를 닦고
낯을 씻는 찰나에도
가슴이 울렁이여
잠시도 진정을 못한다

식탁에 낮아
아침 신문을 편다
별난 기사가 있는것도 아닌데
왜 이리도 가슴이 울렁이는지

마치 원족가는 아침의
초급생 어린이다
까닭없이 방안을 서성거리며
시계를 보며
혀를 차는 나

아마도 오늘 아침은
내가 미쳤나보다

2007년
10월 2일 아침

—북남수뇌자 상봉날의 아침—

어디로 가야 하나

세상이 넓다지만
나이 먹은 나에게는
발붙일 곳이 없네

북으로 가면 ≪귀포≫의 딱지
남으로 가면 ≪똥포≫란 부름
이래서야 내 땅인들 정이 가겠나
차마 왜땅귀신은 될 수 없고

어디로 가야 하나

정말 몰랐네
고향을 등진 죄가
이렇게 무거울줄은

삶의 어려움

이국의 달빛 아래
이밤도 그림자 하나
유령같이
발붙일 곳을 찾아 얼른거린다

낮잠 한번 자고싶다

3.8선
비무장지대에
거적때기 깔아놓고
낮잠 한번 자고싶다

텁텁한 막걸리에
얼근히 한잔되여
큰 대자로 누워서
코를 골며 자고싶다

무기없는 공간인데
무엇이 겁나겠나
뛴들 딩군들
벌거벗고 춤을 춘들

벌떼에 쏘여도 좋다
사슴의 발꿈치에 채여도 좋다
총포 없는 내 땅에서
낮잠 한번 자고싶다

더도 말고
덜도 말고
단 한번만

알수 없는 일

오늘도
서울행 비행기가 뜬다
일본인승객을
잔뜩 싣고서

지난날 반세기
우리 땅에 주저앉아
재물이라면
신주단지까지도 앗아간
그들과 그의 후예들이다

그러면서도 나에게는
와서는 안된단다
여명을 선언 받아
마지막 성묘를 가려는
나에게는

알수 없는 일이다
분단은 물론
국적은 영원이 아니다

내가 바라보는 조국은

남쪽만도 아니고
북쪽만도 아니다
나에게는
삼천리의 어느 산도 어느 강도
다 내 조국이다

왜 안되는지
왜 못 가는지
날개 없는 이 아픔

알면서도
모른체
오늘도 서울행
비행기가 뜬다

제땅을 등지면

아무리 용을 써도
이 땅에서 떠날순 없다
그런데도 마음은
자꾸 떠나자고 한다

아무리 차별이 짓궂어도
여기를 떠나면 갈곳이 없다
그런데도 맘은
하냥 멀리로 떠나자고 재촉을 한다

이국살이
어데 간들 다르려마는
맘은 이미
떠날 차비를 하고있지 않나

고향 잃은
이 몸
몸과 맘이 짝짝이 된
이 삶

먼 옛날
제땅을 등지면

갈곳이 없어진다던
종숙모님의 말씀이
다시금 귀를 울린다

생각

굵직한 감자같은 얼굴
부드러운 눈빛
웃으면 인정이 뚝뚝 떨어지는
떠난지 오랜
그가 생각난다

구석진 선술집에서
얼근히 한잔 들이키면
늘쌍 쩝쩝 입맛 다시며 하던
그의 이야기

그까짓것쯤이야
붓대를 엇나게 놀리면 차레지는거야
하루를 살아도
깨끗이 살아야 그게 시인이지

낡은 입성에
창나간 신짝을 끌면서도
명리를 멀리 하고
한생을 낮달같이 보낸
그가 생각난다

(작고한 한 시인을 추모하여)

장관님에게

장관님!
경상도 시골에서 사는
동생이 죽었다는 전화를 받고
당신이 관할하는
령사관으로 달려갔댔습니다

궁박한 사정은 들은둥만둥
외국인등록증을 본
이마가 반쯤 벗어진 중년 사내가
피시시 웃으면서
국적이 조선이기 때문에
사증을 낼수 없으니 돌아가라고요

그래서 다시 물었지요
일본국적이면 어떤가고
그랬더니 대답이 걸작이 아닙니까
일본국적같으면 환대한다고

여보소 장관님!
도대체 이런 일이 어데 있겠습니까
우리 민족의 피땀으로 비대해진
일본인은 환대하고

피를 나눈 한민족에게는 담을 쌓는
이거, 주객전도가 아니고 무엇이겠습니까

하도 억울해서
그날 나는요
돌아오는 전차간에서
나이도 부끄럼도 잊어먹고
그만 울음을 터뜨렸소

들어보소 장관님!
내가 가진 국적 ≪조선≫은요
이북의 국적도 아니고
이남의 국적도 아니라오

나의 국적 ≪조선≫은
≪단군민족≫의 표증이고
또 하나는요
칠천만 민족이 바라는
통일조국의 국적이랍니다

사람사는 세상에
이런 지당한 국적이

왜 통하지 않는지요
대답을 주세요. 현명하신 장관님!

눈앞이 훤해진다

절간에서 보내온
묘지 안내장
보자마자
두눈이 뒤집어진다

2평방메터가
2백만엔
묘석을 합치면
3백만엔

이렇게 비싸서야
나같은 세간살이는
죽을래야
죽을수도 없지 않나

살려하니
눈꼽만한 년금은
줄어들지
보험료랑 소비세는
올라만 가지
어쩌면 좋나
자식들은 제살림에 바쁘고

그렇지, 해상산골이다
죽으면 유골을
대한해협에
던져주면 그만 아닌가

돈이 없어도
북상하는 해류를 타고
가고픈 내고향
영일만 기슭에 갈수도 있고

운이 좋아 혹시는
3.8선 넘어
원산항에 머무는
≪만경봉≫호 만나서
그리운 회포를 나눌지도

갑자기 눈앞이 훤해진다
멀리 수평선이 바라보이고
귀가에는 파도소리 철썩거린다

가랑잎

어데서 날아왔는지
넓적한 가랑잎 하나
문전에 와서
물끄러미 나를 쳐다본다

만신창이다
제곳에서
떠난지가
오랜것 같다

바람이 불면
또 어데론가
떠나야 할 운명

뿌리없이
산다는것의 어려움
어디 가랑잎만이겠나

김두권
金斗權

1925년생

경상북도 영천군 출생

시집 『아침노을 타오른다』(1977, 재일본조선문학예술가동맹)

시집 『조국, 그 이름 부를 때마다』(1985, 평양: 문예출판사)

작사가요집 『백두산의 쌍무지개』(2001, 평양: 문학예술출판사)

시집 『운주산』(2004, <종소리> 시인회)

	작품명	출전
1	클럽	종소리시인집(2004)
2	포옹	종소리시인집(2004)
3	분계선의 코스모스	종소리시인집(2004)
4	귀무덤	〈종소리〉 22호(2005 봄)
5	절창	〈종소리〉 23호(2005 여름)
6	울음소리	〈종소리〉 24호(2005 가을)
7	농악무	〈종소리〉 25호(2006 신년)
8	만남	〈종소리〉 35호(2008 여름)
9	우산의 대군무	〈종소리〉 36호(2008 가을)
10	진다이지(深大寺)	〈종소리〉 39호(2009 여름)
11	장마	〈종소리〉 40호(2009 가을)
12	하일단상(夏日斷想)	〈종소리〉 43호(2010 여름)
13	나그네 2	〈종소리〉 47호(2011 여름)
14	백목련	〈종소리〉 55호(2013 여름)
15	동생의 얼굴	〈종소리〉 57호(2014 신년)

클럽

신쥬꾸 가부끼쪼에
밤마다 번쩍이는 스낙끄, 클럽들
서울 신사동을 방불케 하거니
수많은 치마 두른 간판
≪아가씨≫, ≪만남≫, ≪부산갈매기≫…

두고온 고향을 잊지 말자는가
≪고향집≫, ≪온돌방≫, ≪뚝배기≫
쓰라린 력사를 새겨두자는것일가
≪봉선화≫, ≪파랑새≫
그 옛날의 나그네 설음은
아직도 끝나지 않았는데
또 ≪나그네≫

진한 화장으로 시들어가는 청춘아가씨들
무엇때문에 왔을가
바람 어지러운 남의 나라에까지

서울이 비좁아서
밀려났단 말인가
부산에도
발붙일 곳이 없었단 말인가

포옹

쓸쓸한 바람결이
스쳐나갈 간격은 없다
포옹에는
그 무엇도 접어들
틈은 없어라

그것은 오직
뜨겁고 뜨거운 혈육의 정
그것은 오직
겨레의 한결같은 마음 한데 묶은
숭고한 조화

어찌 꿈엔들 생각했으랴
이처럼 가슴 벅찬 날이
이처럼 몸떨리는 시각이
이렇게도 빨리 올줄을

얼마나 많은 시간이 흘러갔느가
얼마나 기다리고 기다렸던가
눈물을 흘리며
피를 흘리며

왜 이리도 자꾸 떠오르는것일가
오십년 못본 동생들의 얼굴이
통일을 애타게 부르짖다가
먼저 간 친구의 모습이
텔레비 화면속에서
신문의 글줄속에서

그 무엇도
접어들 틈은 없어라
허물수 없는 7천만의 한마음이런가
포옹

분계선의 코스모스

울창한 숲속
밤송이처럼 지뢰가 숨쉬고있는데
코스모스 한그루 곱게 피였네
깨여진 철갑모우에

짓궂은 눈비의 장난이런가
황토색으로 녹 쓴 철모
사정없이 때린 바람 참고도 모질었더냐
정수리가 터벌어지고

철모에서 돋았구나
바람에 살랑이는 분홍색 코스모스
너는 철모를 쓰고 달리던
그 젊은이의 재생이란 말인가

삼천리강산에
우리 겨레가 억년 잘 살기를 바란
그 젊은이의
다 부르지 못한 노래란 말인가

분계선에서 만난 귀여운 꽃아
너를 부여잡고 나는

웃어야 하느냐
울어야 하느냐

귀무덤

온몸의 피가
얼어든다
≪귀무덤≫(耳塚)을 앞에 두고

세상에
듣도 보도 못한 괴상한 이름
문화도시 교또에 자리잡은
≪귀무덤≫

임진왜란 때
조선에 침략한 왜군
조선사람의 코와 귀를 베여
히데요시 앞으로 보냈다고
전과의 증거물로

임진·정유(壬辰·丁酉)의 왜란
살해된 조선사람은 기십만
아우슈빗즈를 무색케 하는
잔학의 화신인가

저들의 군공
후세에 남기려는 기념비란말인가

≪귀무덤≫

가슴에 솟구치는
피는 말하네
피는 속일수 없다고

절창

한 지맥의 산마루에
진달래는 붉게 타오르고
한줄기의 계곡에
산새들 목청껏 노래하는 땅에
강물이 흐른다
강물이 굽이친다

부모님 산소도 찾지 못하는
기나긴 해와 달
쌓이고 쌓인 억울한 설음
통일의 흐름으로 터지는것인가

헤여져 산 형제들
찢겨진 가슴
더는더는 참을수 없어
함께 살기를 바라는 피맺힌 원한
통일의 흐름으로 쏟아지는것인가

바다 먼 이역땅
지하막장에 ≪어머니≫를 새기고
멸시에 이 갈던 하많은 사연
어찌 다 헤아릴수 있다더냐

동에 살아도
서에 살아도
우러르는 마음은 오직 하나
어머니 조국

온 겨레의 참사랑
통일대하로 흘러흘러라

호남벌이 넘실넘실
재령벌이 출렁출렁
오대륙에 파도치는 희망의 물결도
하나의 흐름으로 합쳐진다

겨레사랑 조국사랑 넘치는 강산이여
대동강이 소용돌이친다
한강이 굽이친다

7천만 겨레의 절창이런가
통일대하의 흐름소리
흐름소리

울음소리

이밤
울음소리
구슬픈 울음소리

절간에서 흐러오는가
유골의 울음소리
사람 가슴
이토록 파고드는것인가

탄광에 끌려간 사람들일가
학도병에 몰린 젊은이들일가

무엇을 생각하여
끝없이 우는것이냐
무엇을 원망하여
그리도 애통히 울고우느냐

늙으신 부모님께
효성 다 못하고 심려만 끼친
원통함이냐

장가들어 이태째

겨우 걷기 시작한 첫아기
실컷 안아주지도 못한
아빠의 그지없는 안타까움이냐

해방이 되여 예순해
그렇게도 가고싶은 곳
그렇게도 기다리는 곳
왜 진작 찾아가지 못했던가

일본땅 방방곡곡
턴넬송사장에서, 군사기지 건설장에서
험하고 힘든 일 도맡아 하더니
소문도 없이 가버린 그대들

죽어
찾아주는 사람 없고
그리운 땅
찾아갈 길 막막하여
이역만리의 무주고혼

눈 못보는 유골
말 못하는 유골

제 고향 제 집으로
존엄 다해 모셔야 할 례의
사람 도리 던져두고
도망치는 패거리들

과연 누구란말인가
꿈도 희 망도 새파랗던 젊은이들
낯선 이국땅 외진 산기슭에
피를 토하면서
피를 토하면서 숨지게 한것은

과연 그 누구란 말인가

농악무

운동회가 고조될 무렵
농악이 뛰여나왔다

꽹과리가 앞서고
징, 북, 날나리들이 뒤따르면서
멋나게 돌아간다

무대에서 보는 농악무도 좋지만
넓은 운동장이 더 어울리네
농악이야 원래
들판에서 생긴거지

언제 배웠느냐 너희들
어떻게 익혔느냐
독특한 풍장과 민족 장단

휘모리 장단이 장내에 넘치는데
무동이 재주를 부리고
열두발상모가 신나게 돌아가니
농악무는 바야흐로 절정

만리이역의 하늘아래서

민족성 짙은 예술
마음껏 즐기는구나
우리의 새세대들

아이들아
더 크게 크게 울려다오
더 높이 날아다오
언제까지나

오늘 밤엔
내 고향 꿈이나 꿀가보다

만남

만나니 가슴이 울렁이고
기쁨의 가락이 움튼다

이웃에 산다 해도
안 만나면 남남
만나는 길에 피가 통하거니

찬바람 부는 이역의 길머리에
버림 받은 사람들
산지사방 흩어져살게 된 겨레

우리는 우리의 길 간다
외롭게 지내는 형제들
이끌고 함께 가야지
모두들 기다리고있거늘

손잡고나가는 우리의 앞길에
풍악소리 드높아라
거창한 춤판이 기다린다

만남이 좋아

우산의 대군무

넓디넓은 운동장에
문화회관 안팎에
헤아릴수 없는 우산 또 우산

아침부터 우산이 모여들었네
명절을 즐겨 설레네
음악에 맞춰 흥성거리네

비가 끊임없이 내리는데
잘도 모였다니까
온종일 내리는데
끄떡도 않네

감격이 소용돌이치는 예순돐 명절
비가 온다고 주저하랴
바람이 분다고 마다하랴

어제는
나라 잃은 백성의 신세
바람 사나운 이국땅 가는곳마다에서
피눈물 뿌리던 겨레들

나라를 되찾은 환희
나라의 주인된 끝없는 자랑
마음껏 떨쳐보잔다

청년남녀들이 합창을 하고
엄마와 어린이들 춤을 춘다
나의 우산도 우줄우줄

씨름판이 벌어지고
농악경연이 둥기당 둥기당
아득히 늘어선 우리 음식가게
제각기 맛자랑하니
명절 흥취는 더한층 높아
온 장내가 춤판이네

쉼없이 비는 내리건만
모두들 풍년비로 맞이한단 말이지
수천수만의 색갈 우산들
하나로 설레네

민족장단이 누리에 넘쳐나니
우산의 대군무는 절정에 오르는데

함께 설레네
내 몸도 우산이 되여

진다이지(深大寺)

5월훈풍에 이끌려
신록의 진다이지를 찾았네

조상이 나를 불렀는지
내 마음이 조상을 그리워했는지

샘물이 흘러넘쳐 물레방아 돌고
오또기시장으로 이름난 절

석가당에 안치된 불상
백제식금동으로 된 백봉불(白鳳佛)
경건히 절을 올리는데…

어쩐지 낯익은 그 모습
우아한 미소와 흐르는 의상
그윽한 눈길로 나를 맞아주네

무사시노는 조선사람과 인연 깊은 곳
농경과 문화의 기술자집단이 왔단다
때는 삼국시기
대표인물은 복만(福滿)

이 고장에 문물을 장려하고
민심을 안정시키니
사람들의 칭송 그지없었단다

간또에서 가장 오랜 백봉불
도래인집단에 속한 불사(佛師)의 솜씨런듯
이 절을 개창한 이는 만공상인(滿功上人)
그는 복만의 아들

명물 메밀국수집에 들어
물소리에 잠겨 한숨 돌리는데
천년도 넘는 일월이
한꺼번에 안겨와라
만감 이길수 없어라

장마

섬나라
지루한 장마에 진절머리가 난다

다다미방엔 곰팡이가 번져가고
밤이 깊으면
어두운 력사만 되살아나네

지옥에 간 승냥이들이 떼를 지어
진군나팔을 불어제끼는가 하면
건너마을 개짓는 소리가
장단을 맞춘다

가없이 높고 푸른 하늘을 불러와야
단잠을 잘수 있겠는데…

섬나라 장마
요즘 성미가 사나와져
산을 무너뜨리고 강을 터치고
사람들을 오도가도 못하게 하네

내 언제까지
발목을 묶이우고 견디란 말인가

어서 불어다오
이 장마 곱게 쓸어내는 하늬바람아

하일단상(夏日斷想)

여름이 되면
어쩐지 사람이 보고싶어진다
못내 력사가 그리워진다

여름이 되면 나는 언제나
마을앞 강물에서 살았다
환이랑 철이랑
헤염도 치고, 고기도 잡고

여름이 되여 방학이 오면
60리 산길을 달려 외가집에 갔더랬다
지나간 세월은 아득도 하건만
잊을수 없구나
늘 머리 쓰다듬어주시던 우리 외할매

여름이 되면
춤추며 반기던 8·15가 생각난다
8·15를 어느덧
예순다섯번째 맞이하는 이 여름

여름이 되면
사람이 보고싶어진다
못내 력사가 그리워진다

나그네 2

가는 길
나그네 길
언제면 끝나는지

그리워라 그리워
내 고향이 그리워
자호천(紫湖川) 맑은 물아 나의 요람아
버들가지 휘여잡고
불러보네 불러보네
못 잊을 그 옛날의 그 노래를

살아도
살아도
끝이 없구나
정 안 드는 타향살이
언제면 끝나는지
그리는 고향길은 보이지 않네

3년이면 돌아오마
다진 그 맹세
3년이 열번 가도
고향길은 간데 없고

봄이 와도
봄이 와도
꽃은 안 피네

아아, 흘러간 그 옛날의
그리운 노래여
떨리는 풀피리 애달픈 음향
오늘도 언덕길에 걸터앉아
붉디붉은 저녁노을 바라보거니

소 먹이고 돌아오는 저녁길에
늘어선 뽀뿌라 누비며 뛰놀던
그 시절, 그 동무들
가슴에 그리며

백목련

봄바람 안고 찾아왔구나
우리의 기쁨
봄의 사자여

무사시노에 부는 바람
아직은 쌀쌀하건만
새출발을 앞둔 학생들의
부풀어오르는 가슴인양
희디 흰 화원
푸른 하늘에 무르익는다

너와 더불어 지혜를 자래우고
너와 더불어 담을 키워온
우리의 청춘들
그 슬기로운 희망과 꿈의 노래런가

학원옆을 흐르는 내물의
조잘거림과 어울려
목련꽃 가지가지에 설레는 바람소리
이 아침 한결 아름답구나

티없이 맑고 고운 목련꽃에 비겨

눈시울 적시며 가르쳐주던
지난날의 스승님
그 영상이 떠오르네

동생의 얼굴

추석날 아침
전화가 걸려왔다
저 멀리 고향의 동생으로부터

반가워라
그간의 소식을 주고받고 하는데
아른히 떠오르는
그립던 동생의 얼굴

젊었을적에 하직한 동생
이제는 로경에 이르렀을
그 얼굴

따로따로 달린
악착한 세월의 비바람은
모질게도 문질러 갔단말인가
내 동생의 얼굴마저

조실부모한 우리 형제
형노릇 못한
잊지 못할 원한이 쌓였거늘

학교 다닐적에
숙제 한번 못봐주고
장가 들때조차
아무런 도움 주지 못한
이 못난 형

다행히 내 가슴속에
뚜렷한 하나의 영상이 살아있거늘
그것은 변치 않는
동생의 얼굴

갸름한 생김새에 흰 살결
늦가을 능금처럼 빨갛던
열 대여섯살 때의 내 동생의 얼굴이

아, 언제면 그 얼굴 다시 대할수 있을가
고운 얼굴
내 볼로
실컷 비벼볼수 있단말인가

오상홍
吳常弘

1925년생

제주도 북군 출생

시집 『산이여, 한나여』(1987, 재일본조선문학예술가동맹)

	작품명	출전
1	차귀도	종소리시인집(2004)
2	자장가	종소리시인집(2004)
3	정방폭포 앞에서	종소리시인집(2004)
4	목욕탕	종소리시인집(2004)
5	성산일출봉	종소리시인집(2004)
6	추석 보름달	종소리시인집(2004)
7	금강산관광자의 노래	종소리시인집(2004)
8	봄철	종소리시인집(2004)
9	정	〈종소리〉 30호(2007 봄)

차귀도

돌아올수 없다는
그 섬 이름
차귀도

제주도 서쪽 바다
수평선을 서서히 내려가는
둥그런 불덩어리
그 장관을 안은
차귀도

사람들의
웃음도 슬픔도
하루 낮의 인생극에
종지부를 찍음인가

다시 해가 떠
막이 오르면
래일의 새 희비극을 엮어가는
차귀도

돌아올수 없다지만
나는 찾아 가리라

자장가

제 손자 제 손녀 귀여움
누군들 다르랴만
내 손녀 쌍둥이
남 다르게 귀엽구나

한애를 안아 얼레주니
또 한애가 울어대여
량팔에 다 안게 되는구나
내 무슨 자장가를 불러줄가

하마트면
너희들과 만나지 못할번 했던
이 할아버지

일제때는
징병을 거절하여 도망치고
해방후는
4·3사건 죽을 고비 면한
이 할아버지
겨우야 너희들을 만나게 되었으니

그래 애들아

너희들의 탄생은
그토록 고비고비를 넘어서야
이어졌구나

새 세기에 태여나
생글생글 웃는 애들아
너희들은 이제
그런 고비가 없으리
암 없어야 하고말고

그래
무슨 자장가 불러줄가
너희들이 내 말귀를
다 알아줄 때까지는

정방폭포 앞에서

하늘 아래 류다른
절승이라 이름난
서귀포 바다가에
억년 변함 없이 떨어지는
정방폭포

어린 시절
가슴에 안고
그리워 하던 네 앞에
반세기에 여라문 해가 지난
오늘에야 섰노라

꽃들도 다 웃는
4월 초순에
저 수평선 너머로
살랑살랑 불어오는 바람은
잔잔한 파도 일구며
내 함께 춤추게 하네

그 옛날
불로초를 캐러 왔던
진시황의 사신들이

절승에 취해
서쪽을 향해 돌아간
그 아쉬움 알만 하네

력사의 슬픔도 안았느냐
일제의 쇠사슬에 매여 울던 그 시절
부르던 ≪서귀포 70리≫
4. 3의 통곡소리 들으면서도
술잔 나누며 불렀노라

기쁨에 넘쳐
붐비는 관광객들의 얼굴
이 평화스런 광경

얼마나 좋으냐
내 이제는 춤을 추며
그 노래 불러보네

목욕탕

내가 사는 근처 목욕탕
어느 온천보다 좋아라
류황이요 라디움이요 여러가지 약탕
사우나 로천탕까지 있으니

불고기장사에 지치고
기름때 오른 이 몸을
때와 함께 피곤도
쏵 씻어주는 이럴 때만은
마음이 푸른 하늘 같아라

낯익은 사람들과 주고 받는 이야기
끼리끼리 나누는 이야기
마음을 다 풀어놓는 이럴 때만은

누구나 다 활딱 벗은 이럴 때만은
우아래도 없고
잘난놈 못난놈도 없어라

성산일출봉

바다가에 태여나
200메터 되나마나
그 높이도 원만한
3만여평의 원형분지

99개의 암봉으로 둘러싸인
왕관의 모양
성이 그대로 우뚝 섰는지
내가 왕이노라며

예로부터 제주제일경이라
해돋이 장관으로
그 이름 불렀구나
성산일출봉이라

지난 세기
그 1948년 4월에는
거기서도
인정미 후덥게 살던 사람들이
죄없이 몰죽음 당했거늘

세기가 바뀌는 이 시각

밤하늘에 불길 올리는 축전
텅텅 소리치며
불꽃 번쩍이며
불바다로 장식하리니

내 오늘은
너 우에 서고 싶구나
수평선우에 둥그런 불덩어리
서서히 바다우로 오르는
그 장관 보고 싶구나

새 희망 담뿍 안겨주는
그 웃음
보고 싶구나

추석 보름달

올 추석 보름달은
류달리도 밝구나
향수를 자아내네

어린 시절
손꼽아 기다리던 추석날
잊을수 없구나
제사가 끝나기만 바라던 일
곤밥에 갖가지 찬을 먹던 맛

여라문 친척집들을 돌며
배를 두들겨가며 먹고도
저녁무렵 증손집에서는
마지막이라 억지로 또 먹던 일

저 달을
쳐다볼수록
내 마음 젖어드네

아침결에
아이들과 차사를 지내고는
온종일 나 홀로
저 달을 쳐다볼 때까지

금강산관광자의 노래

인생의 최고소원이라
우리 조상들도
그리고 그리워 했노라
천하절승 금강산

오, 일만이천봉
뜨거이 안아주고
그저 얼레여만 주는구나
팔선녀도 불러내여
세상에는 춤판도 펼쳐주는구나

금강산아
무슨 말을 찾으랴
내 마음
그저 하늘을 날고 있으니
그럴수록 내 가슴
갈기갈기 찢어진다

내 발로 노래하며 못찾아오고
춤을 추며 못돌아가니

금강산아

어쩌면 이 발길
관광선에만 맡겨야 하는가

아, 한스러운 장벽…

봄철

아무리 설한이 모질다 해도
오는 봄은 막지 못한다
봄이다
봄이 왔다

만물이 숨을 쉬는
낮도 밤도 좋은 계절
사람들은
꽃밭 아래서 주연을 벌리고
춤과 노래판에 취하건만

어름덩이에 묶인
우리 가슴은
래일의 불덩어리로
봄철을 부른다
세상이 아무리 시끄러워도

정

정은
사랑하는 마음

정이 있어
세상에 태여나
어버이의 자애로 자라고
영원토록
대대를 이어
정은 흘러라

진정
정은
우애, 민족애
인류애의 상상봉에 사는
우리의 사랑하는 마음

홍윤표
洪允杓

1932년생

일본 大阪府에서 출생

	작품명	출전
1	추억	〈종소리〉 7호(2001 여름)
2	기발	〈종소리〉 9호(2002 신년)
3	돌멩이	종소리시인집(2004)
4	주소	종소리시인집(2004)
5	배가 없네	종소리시인집(2004)
6	돌려라	종소리시인집(2004)
7	말찾기	종소리시인집(2004)
8	가을비	〈종소리〉 20호(2004 가을)
9	황혼풍경 2제	〈종소리〉 26호(2006 봄)
10	이국풍경시초	〈종소리〉 27호(2006 여름)
11	바다소리	〈종소리〉 28호(2006 가을)
12	까마귀가 운다	〈종소리〉 28호(2006 가을)
13	편지	〈종소리〉 30호(2007 봄)
14	땅	〈종소리〉 32호(2007 가을)
15	동네3경	〈종소리〉 33호(2008 신년)
16	디딤돌	『치마저고리』(2008)

추억

추억을 찾아가니
고개길에 떼 지어 나타나는 발자욱들
부두로 뻗어가며
펄썩이는 바다물결속에 사라진다

추억을 따라가니
머리에 은비녀 꽂고 젊어진 어머니
헝겊 기운 행주치마 두르며
고향길에 백발이 된 아들을 기다리신다

추억이 연 창문으로 보니
어린 형과 장난꾸러기의 나
이역의 달빛에 젖어
팽이치기 다투면서 지나간다

추억과 앉아 술을 마시니
가슴 치고 웨치다가 떠난 옛친구들
어느새 눈앞에 마주 술잔을 들며
묻는다, 언제까지 분계선을 헤매야 하는가고

기발

기는
먼저 예감하고
바람을 향해
서 있다

기발은
눕기를 싫어하고
하늘을 안아
색갈도 선히
언제나 나래치자고 한다

바람도
기를 찾고 있다
머리 숙인 기대가 아니라
높이
오른 기발에
바람이 분다

아름다운 기발은
바람세 강할수록 힘이 차고
우로 우로 올라
더 펄럭이며 노래하며
눈부신 빛을 뿌린다

돌멩이

큰 돌도 돌
작은 돌도 돌

비석으로
솟는 돌

감옥의
벽으로 되는 돌

부자집 화려한 정원에
아양 부리는 돌

큰 돌도 돌
작은 돌도 돌

밟힌측에 가담하여
억압자를 향해 쏜살같이
날아가는 돌멩이도 돌

주소

주소를
둘 가지고 있다

남겨 온
기억의 길 우에
주소의 자국은
점점이 많다

때로는
뭣에 쫓긴듯이
때로는
뭣을 찾아야 하듯이
짐을 묶어 살던 주소와 리별하게 된다

몇번이나 될가
사람이 한생에
자기 주소를 바꾸게 됨은

바꾸어도 바꾸어도
외국살이 내 주소는
언제나 둘로 되는구나

둘중의 하나는
그 어데를 가도
바꿀수 없는 같은 한곳
마음이 살고 있는 번지다

배가 없네

배가 없네
타고갈 배가 없네
저 남해바다에 떠있는
보석함 같은 섬
제주도 내 고향
돌아갈 배가 없네

아름다운 섬을 찾아
남들은 가네
수많은 외국인들까지
섬의 량민을 대량학살했던
아메리카의 대통령도
식민지 주인행세
잊지 못하는 일본수상도

제트기가 날아들고
고속선도 물결 차고 드나드는데
이 류랑하는 도민 하나
어서 고향으로 실어다주는
하늘길도 없네
바다길도 없네

산바람에 깃든
많은 돌들에 깃든
해녀의 잠수질에 깃든
그 원한과 투쟁과
사랑의 이야기들
전설과 전설이
나를 부르건만

그리운 내 섬은
리별에 울던 녀인과 같이
해안가를 치마처럼
바다물에 적시며 서있을가
기다리고있을가…
배가 없네
쪽배도 없네

아직도 갈라진채 있는 조국땅
긋긴 금의 그 거친 바닥에
내 배가 잡혀있네

(2000.1)

돌려라

잊을수 없는
슬픔의 나날
양떼를 몰듯이
조선사람들을 잡아 죽였다고
이름도 남기지 않았다
조선인학살사건으로 유명한 간또대진재
지진보다 무서운 인간들

수도인 도꾜를 중심으로
널리 간또땅 곳곳에
강기슭, 잡목 대밭이며
들가, 길가, 건물들의 그 밑에
버린채 묻히고 밟히고 있는 희생자들
상처자리 금이 간 수천수백체의 유골들

짐승도 아닌
사람의 죽음인데도
이름들이 없다

타민족사냥질로
자기들의 불안과 불만을 달랜다며
지옥을 부르는 북 마구 치고

대학살의 춤을 춘 이 땅의 범죄자들
사람들의 이름마저 지워버렸다

많은 김씨가 있었으리
많은 리씨가 살아있었으리
박씨, 정씨, 최씨 많은 가문들의 이름도
무사히 어서 돌아오라고
고향 가족들이 기다리던 사람들
그립게 부르던 그 이름들

찾아내라
죽이고 감춘 그 손으로
모든 유골들을 찾아내라
빼아간 삶의 기억 그 이름들을
누가 어데 묻혀 있는가를 찾아내라

한 안고 한세기 가까이
잠들지 못한 유골들을
유골로 된 잊지 못할 이름들을
한사람 빠짐 없이 우리에게 돌려라

말찾기

기다리는
사람과 사람 사이를
정을 싣고 오가는
나루배 같은
그런 말이 있으면 한다

다툼질을 막는 말
증오를 가시는 말
살륙을 그만두게 하는 말

가난을 이겨내고
굶주림을 없애고
병마를 물리치는 말
정치를 바꿀수 있는
그런 말을 찾아내고 싶다

그 많은 리별이
그 깊은 슬픔이
그 참을수 없는 노여움이
신음소리 끝에
일어서는 말들을 기다리고 있다

억압자에게
비굴하지 않고
아양 부리지 않고
가담하지 않는 말
용기 있고 약자의 편에 서는
그런 말이 소원이다

총보다 강하고
권력과도 맞서는 말
진실의 힘을 가진
그런 말과 만나고 싶다

먼 길을 가는 사람들의
마른 목을 적셔주는
저 샘물 같은
그런 말을 찾고 있다

가을비

지붕을 적시며
마당을 적시며
길을 적시며
비가 온다

끝이 없는 이국살이
벌써 올해도 다시 가을비다
잃어버린 자기 사철 자기 풍경
얼마나 되였을가

저녁비는
가을바람도 데리고 와
사람들의 가슴마저
애수의 안개로 싸기 시작한다

비와 바람만 오가고
오늘도 기다리는 소식은 아니 온다
기여드는 어둠에 서로 격려하듯이
동포들의 집집에서 불이 켜졌다

황혼풍경 2제

보물

글을
닦는 사람들이 있다
원고용지에 글을 대고 닦는다
때가 묻은 글이 있다
외국이니 그런지
상한 글도 있다
너무나 같은 글을 부려먹었기 때문에
상한 글은 같은 글이 많다
깎고 대고 고치기도 한다
녹쓴 글은 닦고 거듭 닦는다
마음 담아 잘 닦은 글은
빛을 뿌리기 시작한다
감동이란 빛이다
덜 닦아진 글은 뽀얗다
과거에 빼앗긴 쓰린 추억도 있어
황혼시에는 더욱 글사랑에
가슴을 태우는 로시인들이
보물을 아끼는 소년처럼
글을 닦고 있다

로저격수

사랑이 부르면
저격수(狙擊手)로 되자
젊은이처럼 달려갈수는 없어도
늙은 몸 그래도 오랜 경험에
괴괴한 심리전
수수께끼 지리에도 밝은 편이요
끈지게 한자리에서
저 준동하는 증오를 겨누고있다
미친 악의의 습격으로
우리 사람들의 사랑을 죽이려고
얼씬만 해보라
서슴없이 방아쇠 당기련다
쇠총알보다 관통력이 강한
말탄알을 먹인 붓총
이 손에 가진지 오래다

이국풍경시초

잠 없는 밤

잠이 오지 않는 밤에는
더 하나
새 귀가 생기고
소리 없는 웨침을 듣는다
감은 눈속에서도
다른 눈이 뜨이고
훤하게
길이 하나 보인다
이국길이 아닌 길이다
잠을 청해도
잠이 아닌것을 주는 밤이 있다

굽인돌이경치

따슨 손이 있고
찬 손이 있다
어쩐지 큰 손이 작고
작아도 큰 손이 있다
이 땅의 벗들의 손은

작아도 따사롭다
주먹들이 많은 경치속에서
아름다운 손이
더 있었으면 한다

괘씸한 손과는 돌가보
돌에는 돌
보에는 보
가위에는 단호 돌로
이제 밤이 되면
굽인돌이에서는
위험한 어둠이 왈칵 덤벼든다

확성기

보다 널리
보다 깊이
머리들속에 박아지도록
가슴들이 떨리도록
퍼뜨리는 확성의 소리
확성의 마력

이전에는 중대방송도 라디오였다
지금은 집집마다 텔레비며
온갖 휴대단말(携帶端末)로 발전
자동차 전차 비행물까지도 몰고
확성된 소리는 순시에
온 땅 온 공간을 찔러 퍼진다

USA대통령의 저 히스테리크소리
재치있게 확성하는 일본수뇌자들의 그 입
다른 뭇소리마저 다 삼티고말듯이
보다 크게 보다 강하게
확성된 소리는
확장주의 침략주의적 가락 맞춤이다

동해를 향해 극동지역을 향해
휘여진 포물선을 그리는 일본렬도
거대한 확성기 같다
그칠새 없이 엉뚱한 소리로 떠든다
음량도수도 높이
부리는 심술도 로골적으로

그 확성기 몸뚱아리 배꼽쯤 되는 위치
CAMP 좌마(座間)에
본국부터 큰 군단기 휘날리며 이동하는
미군 최강의 재일군단 사령부
확성기렬도는 이제 또
무슨 괴물로 변신 진화하겠다는것인가

벽이 있는 풍경

보이지 않는것도
볼수 있는 눈을 가지라고 한다
이 땅의 풍경은…
천황페하가 살고
최고국가권력기관이 집중하고
세계 많은 재부를 끌어모으는 대도시 도꾜 눈부신 풍경속에
벽이 숨겨져있다 한다

걸으면 같이 걷고
세방을 찾는데 따라오고
일자리를 구함에도
장사하는데도 시비질 버티여서고

구역소 세무소 재판소
외무성 무슨무슨 출장소까지에도
따라 붙어오는
기묘한 움직이는 벽이다

이쪽부터는 보이지 않고
만질수도 없는 신기한 조형물
언제나 저쪽에서 기척을 한다
민족차별을 차고 나서도
그 가슴을 억누르는 압박의 감촉
다른데서 쿡 찌르는 복수의 손짓

벽은 없는척 하지만
눈 코 귀 입도 손도 가지고있다
섬세하고 신경질이다
비위가 거슬리게 되면
삽시에 어마어마하게 그 모습을 나타낸다

재일의 우리와
괴상한 벽과의 다툼은 백년이 가깝다
총창이 박혀진 벽과의 시대
천대와 멸시로 도배된 벽과의 시대

서로 오랜 참을내기가 계속되고있다
무슨 습성이 그런지
집요한 위선과 우월의 버릇이다
이 땅의 화려한 풍경에는
우울한 그림자가 진하게 비치고있다

소식

꾀임수 많은 세상이
요란할수록 더
사랑의 소식을 알고싶다

누구 가슴에서
사랑이 앓고있지나 않는가
이경의 불이 내모는
시련의 기슭에서
사랑들은 어떻게 이겨내고 있을가

부드러운 젖가슴을 대고
갓난이에게 사랑을 먹이는 젊은 엄마
고르지 못한 바닥에서

가족을 업고
밥벌이 두터운 벽을 뚫어야 할 아빠들

자물쇠 채우다싶은 차별에도
기어이 민족의 가슴문을 여는 우리 학교
사랑은
목숨을 안고
자장가를 부르고있을가

산비둘기를 잡아 쫓는 까마귀처럼
사랑의 가슴을 노리는 검은 무리들
그래도 죽음의 그림자를 털고
힘차게 깃을 치고 있을가
사랑에는 군센 날개가 있을것이 아니냐

푸른 가슴의 사랑들은
좋은 만남에서 다짐의 손을 잡고
함께 한길로 떠났을가
짐도 같이 들고
노래소리 합치면서

오랜 사랑은

무엇보다도
새로운 사랑의 노래를 듣고싶다

바다소리

거리 한복판에 바다소리가 난다
치는 파도소리가 몸을 싼다
큰길에 과연 나타나는구나
피묻은 흔적같은 히노마루와
장갑차 차림의 검은 우익의 선전차
북방을 향해 한참 망언대포를 퍼붓고
음비한 주문 외우듯 일본군가를 부른다
야스꾸니정신을 이은 명문 순수종(純粹種)
오늘은 그 정신이 생긴 날
크게 소용돌이치는 바다물이 떠오른다

제 땅과의 갈림이 있었던 저 날부터
아우성치는 세월마다 멀리서 가까이서
울리는 바다소리를 듣게 되였다
이제 또 부딪치는 물결소리다
휘몰아치는가 폭풍우 더욱 세차게
세계에서도 제일 많이 미군기지 안은 일본
그때도 이 땅에서 조선반도에
폭격기들이 떼지어 날아갔다 밤낮없이
바다도 몸부림치던 불의 기억이 되살아난다

까마귀가 운다

어쩐지 요새
까마귀가 잘 운다
뭣을 욕하고있는지 끈지게 운다

인가 지붕우에서 울고
텔레비 안테나우에 앉아 울고
국도길에 나가 검은 새가 운다

까마귀는 국회의사당에도 가고
귀신 있는 신사에도 드나들고
자위대주둔지에서도 시끄럽게 운다 한다

역전에 모인 청중들 앞에서
피대를 세우고 선거연설하는 보수정치가
그 머리 우를 까마귀소리가 날아간다

까옥 까옥우는 까마귀소리가
가짜 가짜 거짓 거짓
라고 들리니 묘한 일이다

편지

편지로 쓰고싶은 말이 있다
가슴속에 고인
하고싶은 말, 해야 할 말
입으로는 어려운 말도
편지로 쓰면
다 말할수 있을가 한다

눈을 감고
머리속에 종이를 펼쳐
마음속의 말을 옮겨쓰고 옮겨쓰고
편지를 쓴다
받는 이 없는 편지를 때로는
받는 이 있을듯 한 편지를 때로는
눈으로는 볼수 없는 편지도 쓴다
열어볼수 있는것만이 편지가 아니다

소생의 봄날을 앞두고
가까운 분이
한 많은 녀인의 일생을 마쳤다
오늘밤은 이전처럼
대필의 편지를 쓰자고 한다
인정 박한 이국땅에서

가난과 문맹으로
사납고 어두운 운명길을 걷다가
소리없이 간 고인을 대신하여

쓰고
지우고
다시 쓰는 글
편지에만 할수 있는 말
쌓이고 쌓인 속말이 있다
사람에겐 쓰고싶은 편지가 있다
받는 이 찾는 편지도 있다

땅

땅이 그립다
땅 아닌 곳에 오래 있으면
땅이 있는 풍경속에 돌아가고싶다

흙에는
뿌리가 사는 자리가 있고
조상들의 냄새가 스며들고있다

땅 깊이 내려간 물은 맑다
땅속에서 솟는 샘물로
마른 목을 적시고싶다

말투도 땅의 모습을 따라
사투리는 그처럼 구수하고
곡식에는 자라난 그곳 땅맛이 있다

땅우에 고향이 있고 나라가 있다
한 땅우에 한 민족이 살고
생애를 마친 사람들은 땅의 뼈가 된다

진짜 풍경속에서는
하늘은 땅우에 있고

땅이 없는 하늘은 허공이다

내가 있는 곳은 땅 아닌 뭍이다
치마저고리 입은 땅
어머니땅이 그립다

동네 3경

동포동네

동포가 사는 골목은
바람도 풀냄새가 난다
바위돌에 돋은 풀처럼 용한 동포집이다
여기저기 있는 곳곳을 이어보면
딴 새 경치가 나타난다
누가 그려내는지
동네로 가는 다리가 보이고
정의 강이 유유히 흐르고있다
약자를 물어뜯는 격차(格差)무정의 이 땅
시퍼런 그 광경과는 다른 내다봄이다

사람들은 이것이 동포인사라고
어떤 줄을 잡아당기듯이
서로가 인연을 찾고 맺고 살고있다
어데서 고통과 슬픔, 기쁨이 있을 때마다
그 줄이 설레인다
잔잔한 물결처럼
세찬 파도처럼 설레인다
같은 피줄이란 줄이다
누가 시작했는지

동포동네란 부름에는
뜨거운 함께심정이 깃들어있다

번지

외우기 쉽게 내 나름으로
동포가 사는 번지를 달아본다
사람들의 출신지를 따라
어디는 경상북동(洞) 경상남동
어디어디는 제주리(里) 전라북동, 남동
경기동 충청동은 어느 골목인가
평안동 함경동은…
머리속에 있는 기억의 길을 걷고
만났던 얼굴들을 눈에 띄여보기도 한다
아니 또
북녘과 남녘이 맺어진
새세대가 있을것이 아닌가
삼천리동이라고 할가 통일동이 좋을가
이런 공상은 즐겁다
사람이 살면
주소가 생기고 번지로 알린다

자랑스러운 뿌리의 번지가 있어도 좋다

동네길

온갖 욕망과 경쟁이 질주하고
차별과 배타의 소음소리 오란한 일본길
가로 지르듯이
다른 발소리가 나는 길이 있다
이 골목에서 저 골목으로
동포가 겨레를 찾아다니는 발소리
듣고싶은 소식도 노래도 어머니손맛도
새로운 출발도 지친 몸, 돌아가는 몸도
밤낮 오가는 길이다
비바람 여러 세월과 함께
겨레끼리 발로 밟고 딛고 고른 길이다
북도 남도 없이
크고작은 발자국이 적어진 길이다
겨레들은 이 길우에서
손을 잡고 부여안고
사랑을 키운다
고향의 경치도 본다

고국과 이야기를 한다
이 땅의 지도에는 없어도
타국살이 마음의 지도에는
선히 그려지 푸른 동네길이다

디딤돌

그리 높지도 않고
그렇다고 낮지도 않은
평평한 돌

사람들이 뻗는 발을
그 등에 쉬이 얹어주는
너그러운 돌이다

산우를 향하는 발들은
어른도 아이도 당연한것으로
돌등을 밟고 올라간다

자연의 디딤돌이
비탈길에
자애로운 로스승같이 앉아있다

오홍심
吳紅心

1941년생

일본 兵庫県에서 출생

시집 『꽃피는 화원에서』(1996, 재일본조선문학예술가동맹)

시집 『사랑의 요람』(1999, 평양: 문학예술종합출판사)

시집 『꿈』(2010, <종소리> 시인회)

	작품명	출전
1	보자기	종소리시인집(2004)
2	유고	종소리시인집(2004)
3	포연	종소리시인집(2004)
4	비빔밥	종소리시인집(2004)
5	봄꽃	종소리시인집(2004)
6	그리움	종소리시인집(2004)
7	고향집 벚나무	종소리시인집(2004)
8	묘향산을 찾아서	종소리시인집(2004)
9	어머님의 묘앞에서(시초)	종소리시인집(2004)
10	민족결혼	〈종소리〉 27호(2006 여름)
11	새봄맞이	〈종소리〉 34호(2008 봄)
12	달과 나	〈종소리〉 35호(2008 여름)
13	치마저고리	〈종소리〉 37호(2009 신년)
14	옷고름을 날리며	〈종소리〉 44호(2010 가을)
15	제주 홍매	〈종소리〉 46호(2011 봄)
16	지구가 몸부림 친다	〈종소리〉 46호(2011 봄)
17	추석날 저녁	〈종소리〉 56호(2013 가을)
18	그 한마디	〈종소리〉 56호(2013 가을)
19	화음을 이루자	〈종소리〉 57호(2014 신년)

보자기

1

오래동안
옷장에 잠겨 있던
한장의 파란 보자기

돌아 가신 할아버님
어린 손녀 찾아서
선물 잔뜩 싸 오신
그날의 그 보자기

포근한 그리움이
추억속에 나를 앉혀
흘러 간 세월을 더듬게 한다

—고향 찾고 피줄 찾는
그날이 오면
흩어져 사는 손자손녀
함께 다 모여
고향마을 밤나무동산에
올라가 보자

할아버님 품으신 소원
파란 보자기에 고스란히 싸서
아들딸, 손자손녀들
고이고이 지녀 갔으면

2

삼베, 무명
쓰다남은 자투리나
헌옷의 소매며 바지, 치마자락을
맞대고 꿰매여 낸
조선보자기

예로부터
거친 세파에 시달려 살아 온
우리 조상들의
생활의 지혜가 만들어 낸
조선보자기

머리에 이고
등에 지고

갖은 고생 이겨 내며
꿋꿋이 살아 온
그들의 슬기와 의지

무늬 다르고
색갈 다른
가지각색 자투리를
맞대고 꿰매여
류다른 조화를 자랑하는 보자기

갈라져 사는 겨레의 마음
맞대고 꿰매며
잇고 이어서
동강난 우리 강토
하나로 쌌으면

유고

생전에 아버지가
남기고 가신
글이 있다

오랜 투병생활
그 나날에 지으신
수많은 한시

글의 행간마다에는
나그네신세 한탄하시던
그 소리 들리고
고향길 찾으시던
그 심정 넘쳐 나네

들새는 날아 돌아 가
옛가지에 집을 짓는다고 한
시의 한 구절

꿈속에서나마
고향으로 가는 배
몇번이나 타셨을가

혼이 되시여서야
기어이 찾았을가
그리워 하시던 고향 마을

무엇을 가르치려고
무엇을 전하고저
두고 가셨을가
이 많은 글

유고를 가슴에 안으니
안겨 오네
고국의 산천이
그렇게도 찾고싶어 하시던
그 땅

포연

무차별폭격 맞아
산산쪼각난 벽돌집
피투성이 소년이
울음 터뜨린다

그 곁에
어린 미군병사
꿈쩍도 안하고 망을 섰는데
눈망울만은
쉼없이 두리번거린다

하늘을 뒤덮는
포연
먼지바람 일으키는
땅크

하늘은
푸름 잃고
소년은
푸른 꿈 잃었다

병사는

저들의 폭탄에
목숨
잃었다

비빔밥

흰밥 우에
제자리를 지키는듯이
들어 있는 반찬들

살짝 데친 콩나물이며
청록색 시금치
그 곁에
깨소금무침 도라지

참기름 맛에
달콤한 간장 맛 덧붙인 고사리

그래도 모자라선지
고소한 불고기와
입맛을 돋구는 새빨간 배추김치
자기 존재 과시하듯 들어 앉았네

매콤달콤한 고추장
한술 덤뿍 떠 넣어
요리조리 비비니
침이 꿀꺽 넘어 가네

따로따로 먹어도
맛이 있지만
온갖 반찬 비벼 먹는
비빔밥은 별맛이네

대대손손 전해 오는
우리만의 맛이라네
민족의 맛이라네

입맛과 사람맛은
저저마다 달라도

봄꽃

구름 맑고
바람 가벼워
세상 만물에
숨결 주는 봄

산들바람 타고
달려 온 봄기운
사람 사는 맛 보라
살그머니 꽃향기 날라다주네

봄꿈을 꾸느라
꽃바람에 앉으니
연분홍 꽃
한잎 떨어져

애달픈
내 가슴에
점을
찍는다

그리움

수심 하나 찾아 와서
가슴에 틀어 박혀
밤새껏
나를 괴롭힌다

잊으려고
이불속에 들어 가
눈을 감아도
영사기가 돌아 간다

캄캄한 화면에
젊은 시절 이야기가
소리없이
흘러 간다

사랑하는 사람은
만나지 못해 괴롭고
미워 하는 사람은
만나니 괴롭다더니

잊혀 가던 그리움이
아리아리한 기억속에

다시 끼여 들어
못견디게 나를 괴롭힌다

어느새
어둠속을 파고 들던
고독이
그리움과 함께
꿈속에서 이어져 간다

고향집 벚나무

그 옛날 아버지에게서 들은 이야기
고향집 앞뜰에 벚나무 한그루
봄아가씨 찾아 와 꽃 필 때면
서귀포 구경가는 사람들이
가던 길 멈추고 쳐다 보았다고

—장이야, 궁이야
꽃 아래서 벌어지는 장기 뜨기
오래만에 만난 한집안 식구처럼
웃음꽃 이야기꽃으로 설음 가시며
좋은 세상 오기를 원했다고

앞뜰은 온통 꽃주단
꽃눈이 내린다고 아이들도 모여 들어
손벽치며 좋아라 사뿐사뿐 걸었다고

고향집 앞뜰에 벚나무 한그루
오늘도 서 있을가
옛주인이 오기를 기다리고 있을가…

묘향산을 찾아서

목란꽃, 철쭉꽃, 전향꽃들이
저마다 향기로 산을 잠그니
그래서 과연 묘향산이로구나

□

골마다 시원한 물소리요
푸른 잎들이 그늘을 지웠으니
향산에서 더위란 할 말이 아니네

□

향산의 물 하도 맑아
내 얼굴 비쳐 보니
마음마저 환하게 비쳐 주는듯

□

팔담의 물 두손 모아 떠 올리니
작은 담이 내 손에 또 하나 생겨
팔담이 아니라 구담이로구나

묘향산의 아름다운 노래를 들으려면
만폭동으로 오라
일만개의 폭포가 일만가지 선률로
대교향곡 이루네

□

바위를 날아 떨어질 때는

한폭의 흰 비단폭
9층 계단을 내려 담기니
어쩌면 저러히도 옥과 같이 푸르지

□

비선폭포에 비낀
아름다운 무지개 한끝을 쥐였더니
선녀가 하늘에서 내려 온다 떠들썩

□

유선다리 올라서 선남을 찾으니
나무들이 산들산들 웃기만 하는데
물방울을 튕기면서 내리쫓는 폭포수
덩달아 우습다고 맞장구 치네

상원동에 살던 룡이 하늘에 오르려다
천하명승 차마 떠날수 없어
그만 돌로 굳어져 룡각석이 되였단다

□

하늘을 치받든 천주석 바위우에
묘하게 뿌리 내린 한그루 소나무
천년 비바람에도 푸름 떨치는
그 기상 담고 싶네

□

금강산의 기묘함, 지리산의 웅장함
네 다 지니고 예 솟았으니
과연 명산중의 명산일세

□

멀어도 삼천리길
한낮이면 가닿을 곳
고향 친척 손을 잡고 네 어이 못찾으리

시초

어머님의 묘앞에서

늙지 마십시오

다시 찾아 왔습니다
홀로 계시는 어머님이 외로우실가봐
오늘은 제 딸들을 데리고 왔습니다
곱게 자란 손녀들의 인사를 받으십시오

돌아가실 때 어머님은 이른 셋
어머님은 더 늙지 않으시지만
제 나이 점점
어머님 가까와 집니다

늙지 마십시오 어머님
꿈결에 만나도
어머님의 얼굴을 알아 볼수 있도록
그렇지요, 어머님

눈물속에 추억속에

어머님과 이렇게
저 푸른 바다를 바라보느라니

서귀포 해녀들 속에서 웃으시던
젊으실적 얼굴이 떠 오릅니다

휘영청 밝은 달빛 비치는 바다가에서
아버지와 만나신 처녀시절 이야기
웃음 띄우며 하시던 모습
삼삼히 떠 오릅니다

이국땅 판자집 등잔불에
한가닥의 희망 안고 찾아 왔건만
눈물겨운 한생의 시작인줄은…

해 뜨는 아침부터
별 뜨는 저녁까지
마른일 궂은일 다 해 오신 어머님

어머님을 생각하면
눈물속에 추억속에
그 모습 뽀얘집니다

용서 하십시오

품팔이판으로 따라 갔을 때
가난뱅이 모습이 부끄러워
어머님의 손에서 슬그머니 빠진 일
신발이 없다고 우산이 없다고
졸라대던 일

어머님 손수 꾸며 주신 사과궤짝 책상
하도 기뻐 떨어지지 않는 나를 보고
눈물 글썽 하시던 어머님

다 자란 이 딸을 보고
늘 하시던 말씀
시집 안가는 자식이야말로
부모 속을 태우는 불효이라고

용서하십시오
두 딸의 어미가 되여
어머님의 깊은 사랑
비로소 알게 됨을

어머님 생각

어머님은 하늘을 좋아 하셨습니다
바다도 좋아 하셨습니다
하늘은 고향과 이어져 있다고
바다도 고향과 이어져 있다고

고향이 그리울 때면
못견디게 그리워질 때면
바다가 바위돌 우에 앉아
저 멀리 고향을 찾으셨습니다

그 바위돌 우에
오늘은 내가 앉아 바라봅니다
저 멀리 한나산도 우러러 봅니다
서귀포 칠십리의 파도소리도 듣습니다

민족결혼

≪신랑 신부 입장!≫

칠보 족두리 쓰고
붉은 비단에
푸른 색을 짜 맞춘 활옷
머리에는 사모, 몸에는 관디
허리에는 서띠, 발에는 목화

드라마 ≪대장금≫의 주제곡에 맞춰
리조시기 마남미녀 비쳐진듯
신랑 신부의 황홀한 모습
매혹된 손님들
그칠줄 모르는 박수갈채

우리 문화 좋고
우리 풍습이 좋고
우리 사람이 좋다고
친구 결혼식날에 알게 되여
영원한 길동무로 맺어진 사랑

한폭의 그림이로구나
부모사랑 동포의 정

뜨겁게 받아 안고
민족의 얼 꽃피워갈
새 출발의 모습

이역에 살아도
우리 생활에
겨레전통 이어가는
떳떳한 모습

좋구나
우리끼리가 이리도 좋구나
피줄과 피줄이 이어지는
우리 민족결혼

새봄맞이

흘러간 세월들이
내 등을 민다
사시장철 찬바람부는 이 타향에서
너무나 오래동안 망설였다며
산기슭에 유채꽃 한창 피였다고
고향 향취 그윽한
새봄맞이 가자며

다가오는 세월이
손을 내민다
지종지종 종달새는 저토록 오라는데
너무나 오래동안 망설였다며
분단세월 뿌리치듯 경의선 렬차
오가는 기적소리
새봄을 부른다며

흘러간 세월이 내 등을 민다
다가오는 세월이 손을 내민다

달과 나

차창밖의
하얀 달
나를 따라 쫓아오네

환한 날 기다리는
내 마음 꿰뚫어보듯
싱글벙글 웃으며
앞서거니뒤서거니
줄곧 따라오네

쪼각구름사이로
얼굴 내밀었다 숨고
숨었다 다시 나타나
숨바꼭질 하자는듯

이 숲을 지나면
환한 웃음 보여주겠지
저 굴만 빠져나면
온 누리에
고교한 빛발 뿌려주겠지

따라오고 따라가고

쫓아오고 쫓아가며
가까웠다 또 멀어지는
너와 나

이리도 먼 길을 지나도록
아직도 조마조마
따라잡지 못하고
잡히지도 않는
달과 나 사이

치마저고리

서울방문 기념으로
친구한테서 얻은 선물
맑은 하늘색에 목련꽃 수를 놓은
치마저고리 옷감

무늬 곱고
빛갈 곱고
민족의 정서 넘치는
우아한 옷감

지난해 가을철에
서울사람들도 찬양하는
평양의 바느질 솜씨로
맵씨 좋게 지은 치마저고리

서울, 평양, 도꾜를 거쳐가면서
오고가는 그리운 정
옷감에 새겨진
민족의 정 짙은 치마저고리

평양의 정성과
서울의 정성이 이역에서 맺히여

아름답게 빛이 나는 통일 치마저고리

새해 아침에 차려입고 나서리
파—란 하늘아래
파—랗게 물든 치마저고리
내 마음에도
파—란 희망의 빛 넘쳐나네

옷고름을 날리며

≪조선학교의 〈고교무상화〉 제외≫를 반대하는 서명을 부탁합니다!

숙이야,
오늘도 거리에 섰구나
어제는 역전에서
오늘은 상점거리에서
학교공부 마치고 동포들과 함께

숙적에 억눌린 100년의 무게
빼앗기고 짓밟힌 력사의 무게
이제는 짊어진채
살지 않겠다고

너희들이 받아낸 서명용지는
≪고교무상화≫ 차별없이 받아낼
단결의 힘
투쟁의 힘

대렬속에 합세하는
일본시민들의
량심의 목소리
지향의 목소리

배움의 권리
차별없이 받아낼
심장의 목소리 봄바람을 부르네
일본땅을 돌고돌아 파문 일으키네

— 우리는 과거처럼 살지 않겠다
— 우리는 래일을 위한 오늘을 산다

옷고름을 날리며
오늘도 떳떳이
거리에 섰는구나
민족의 어엿한 꽃
숙이야!

제주 홍매

올해도
찾아왔네
한장의 홍매사진

지면에서 만난 시우
해마다 보내주는
제주 홍매사진

한나산
기슭에서
피여난 홍매라네

맵짠 바람 이겨내며
한나산에 봄을 부르는
빨간 그 빛갈

이역살이 한평생
봄을 기다린
얼어붙은 가슴 녹여주는듯

송이마다 방긋이
고향의 봄 안겨주는
제주 홍매

지구가 몸부림 친다

지구가 몸부림 친다
인간의 욕망과 탐욕때문에

개발이라는 미명밑에
하루도 멈춤이 없이
쾅-쾅,
지구의 심장깊이 철주를 박고

옆구리를 찌르며
여기저기 쑤셔대니
왜 아니 아프겠나
둥근 지구가 모가 나게 생겼구나

승냥이가 토끼를 잡아먹듯이
경제대국 호언하며
이 산 저 산 캐내니
벌거벗은 산들이 떨고있질 않나

그래도 만족 못해
바다 깊숙이 구멍 뚫고
배가 터지게 빨아먹는 석유
100년은 어림없다 허풍을 치네

뿌연 가스에 둘러싸인 지구
오존층이 파괴되고
봄도 여름도 겨울도 없는
죽음의 땅으로 변해가는데

보라!
괴물같이 덤벼든 대진재와 해일
집도 가족도, 꿈도 희망도
몽땅 삼켜버리고 말았네
게다가 엎친데덮치기로 터지고만 원발사고

명명백백하네
≪천재(天災)는 인재(人災)≫이다!

지구가 몸부림 친다!

추석날 저녁

오늘은 아침부터
추석 음식 차리느라 야단법석

랭장고 안엔
제주도 앞바다에서 잡았다는
옥돔이랑
굴비
한라산 기슭에서 자라난
도라지 나물이며
고사리…

올 추석엔 례년에 없이
푸짐히 차례진 음식들
온 방안에 고소한 냄새 풍기며
우리의 입맛을 돋구어주네

우리 집 조상님께
고향향기 풍기는
진수성찬
차려드리니

어느덧

해는 지고
동쪽 하늘에
고향소식 전해주려
보름달이 둥실

그 한마디

친구들과 함께
영화를 보고 돌아오는 전차간
롱을 치면서
우리 말과 일본말이 뒤죽박죽

힐끔힐끔 우릴 보던 맞은편 아이들이
-아줌마들은 재일 한국사람이예요?
갑작스레 묻는 말에 나는
-우리는 조선사람이예요
그랬더니 의아한 웃음으로 돌아오는 말
-그래요. 우리는 한국사람인데요
……

우리는 조선사람.
우리는 한국사람.

이제까지
아무런 의문도
거리낌도 없이
례사로 듣고 하던 말인데도

웬일인지 오늘은

도무지 귀전에서
떨어지지 않는다

고향이 같으면서도
우리는 조선사람…
우리는 한국사람…

아이들과 주고받던
그 한마디가
밤새껏 머리속에 들어박혀
맴돌이 친다

화음을 이루자

시지 ≪종소리≫
창간한지 벌써
열다섯해에 들어선다

오늘도
쉬임없이 울려가는 종소리
사람들의 가슴을 두드리며
은은히 울려간다

칼바람 몰아치는 이역땅에서
말과 글을 꿋꿋이 지켜가는
우리의 목소리 전파를 타고 돌고돈다

뜻을 같이하는 벗들과 함께 하고싶다
통일을 노래하는 한편의 시가
활활 타는 합성의 목소리 되고
지구동네 동포들의 가슴속에 울려퍼지게

몰아치는 차별바람에도 까딱없이
우뚝우뚝 새 교사 일떠세워
민족교육 지켜가는 동포들의 모습
온 누리에 자랑하고싶다

고향 등지고
현해탄을 건너오신
1세분들의 고향생각
길이길이 전하며 노래하고싶다

언젠가 그 언젠가
남의 나라 땅에서 자라난이들이
나라의 주인으로 떳떳하게
통일조선을 활보할 그날을 그리면서

때로는 사랑의 노래도 좋다
친구들의 이야기도 좋다
다듬고다듬은 말로
아름다운 꽃들과 하늘도, 구름도, 바람도 노래하자

더 멀리 더 널리
종소리를 울리자
남북, 해외동포 함께
화음을 이루며 종을 울리자

김윤호
金允浩

1933년생

경상남도 합천군 출생

시집 『내고향』(1988, 평양: 문예출판사)

저서 『物語 朝鮮詩歌史』(1987, 彩流社)

	작품명	출전
1	두분의 포옹	〈종소리〉 3호(2000 여름)
2	점을 찍는다	종소리시인집(2004)
3	마늘	종소리시인집(2004)
4	고향 찾아가는 그날엔	종소리시인집(2004)
5	고향방문시초	종소리시인집(2004)
6	메우지 못하는 세월을	종소리시인집(2004)
7	도장	〈종소리〉 21호(2005 신년)
8	나의 시에	〈종소리〉 22호(2005 봄)
9	마음속의 고향집	〈종소리〉 23호(2005 여름)
10	년도말풍경	〈종소리〉 26호(2006 봄)
11	차를 내려서	〈종소리〉 32호(2007 가을)
12	가을 하늘	〈종소리〉 36호(2008 가을)
13	그날의 그 나무는	〈종소리〉 43호(2010 여름)
14	전차간에서	〈종소리〉 46호(2011 봄)
15	하늘이 노하였나	〈종소리〉 47호(2011 여름)
16	나그네	〈종소리〉 50호(2012 봄)
17	어이 구름아	〈종소리〉 51호(2012 여름)
18	인사도 없이	〈종소리〉 52호(2012 가을)
19	년말 한밤중에	〈종소리〉 53호(2013 신년)

두분의 포옹

두분이 포옹을 합니다
북남의 두분이
지구의 한폭판에서

반세기가 넘는 기나긴 세월
새 세기를 맞으려는 이 순간
기다리고 기다리던
첫 포옹입니다
세계를 뒤흔드는 포옹입니다

아, 저 포옹 보지 못하고
가신 할머니
낮에 밤을 이어
통일 위해 달리다가
가신 아버님

저 포옹
한뇌줄 우리 겨레의
눈물과 설음 속에
기다리고 기다리던
포옹이 아닙니까

저기 서울도 울고
평양도 우는데
눈물속에 더 큰 포옹을 봅니다

점을 찍는다

2000년 섣달 그믐날
밤 11시 59분 59초
나는 점을 찍는다

파란 많던 이 세기
싸움과 희생도 많았고
기쁨보다 슬픔이 많았고

가랑잎처럼
떨어질번도 했던
나날도 많았더라

한 세기를 보내는 이 밤
창밖엔 바람소리 윙윙
나는 이 세기 마지막 글에
점을 찍는다

래일부터 시작될 새 세기에
생의 마지막 순간까지
천리 꽃밭 펼쳐지고
오색 무지개 비끼는
날이 되기를 원하여

나는 점을 찍었다

마늘

나는 지금
마늘을 까고있다
안해와 둘이서

어제날
냄새 독하다고
나를 구박하던 그 마늘이다

오늘날에 와서는
그 모든 보도물들이
떠들며 웨치고있다
마늘의 영양분에 대하여
건강의 효능에 대하여

지어
마늘과 고추맛으로 먹는
김치의 효능에 대해서까지

지난날
나는 숨어서 김치를 먹고
입을 씻고 닦고
그들속에 어울리려고 했다

웬일일가?
이제 와서는
나보다 먼저 찾는것이 마늘
나보다 더 먹는것이 김치

그 무슨 까다로운 말로
마늘을 따진것도 아니지만
우리는 오랜 옛날부터
그것을 애용애식해왔다

단군조선 그 옛날부터
우리 무쇠같은 몸을 지켜온
그 마늘을 나는 지금 까고있다

고향 찾아가는 그날엔

이제냐 저제냐
고향 찾아갈 그날을
손꼽아 기다리건만

떠나올 그때는
설음조차 몰랐던 철부지였건만
어언 반세기 세월에 백발을 이게 되였네

내 살던 초가집 온돌방은
뜨락에 섰던 감나무는
내 눈에 삼삼한 그대로인지

이따금 머나먼 하늘을 우러를 때마다
떠오르는 신작로 가로수도
그때 그대로인지

오랜 이국살이 시름만 지고 온 몸
고향 가는 그날에는
어차피 맨손으로 가겠네

내 가슴 펴고 찾으리
이국의 찬바람 헤치면서도

굽히지 않았던 그 얼을 안고 갈것이니

자랑 안고 가리라
잊지 못할 나의 고향 그 땅에
내 몸 떳떳이 안기리라

떠나올 그 때 몰랐던 눈물
이국살이 밤마다 삼켜온 눈물
갈 때는 한없이 땅을 적시리

고향방문시초

고도의 밤

황혼이 드리운 고도
으스름 달빛이
창문에 비치는 이 밤

여기는 경주
토함산 종소리가
이제도 은은히 들리는
신라의 옛서울

흥성거리던 거리는
깊어가는 밤에 밀려
고요를 부르는듯
하나, 둘 꺼져가는 불빛

가까와 오는
고향집을 찾아
이국땅에서 달려 온 첫밤
하루밤을 묵어 가려 들린
천년 고도의 이밤

이날을 위해 견디여 온
60여 성상의 세월이
주마등처럼
나의 기억 속을 헤맨다

별 자리도 바뀌여지고
달도 저 멀리
서쪽 하늘로 기울었는데
이밤 잠을 청하지 못하겠구나

내 고향 합천땅아

울산, 영천, 고령
내 아는 고장 이름의
표식을 뒤로 날리면서
달리는 고속뻐스

합천!
이제야 나왔구나
내 고향 합천땅
그 이름이

말만 들어도 가슴 두근거리던
그 땅이 아니냐
마음은 바빠 가슴을 조으는데
차는 왜 이리도 더디단 말인고

오붓한 마을
샘물터 곁에 서 있던
자그마한 그때의 감나무
그대로 나를 기다리는지

아, 꿈 속에도 우련하던
고향집을 향하여
흘러 간 세월을 맞잡아
나는 달려 간다

첫발디딤

내가 제일 먼저 내려
딛고 싶었다 이 땅

첫발 내딛자
내 가슴에 안겨 오는
고향의
하늘과 산과 시내와 들

세월이 흘렀다
예로부터
산천은 의구하다 했다만
그 산천조차 달라 졌다

주련이 섰던 초가집들은 다 어디로 가고
하늘을 찌르듯 한 저 고층집들이
능청스럽게 서 있고

괭이 메고 다니던 두렁길에는
고속도로가 달리네

반세기 넘는 세월을
내 그리움 속을 감돌던 그 고향
기나긴 세월의 흐름에 덮여
달라짐이 너무해 알길이 없네

고향을 그리고 지내던
이국의 낮과 밤이였다

하루를 살아도
백날을 살아도
가슴을 떠나지 않았던것이
고향이 아니였더냐

이제 와 닿은 고향
웨치고 웨쳐 부르던 고향
글 쓸 때마다 그려 온 고향
내 고향을 찾은 감개에 잠겼는데

고향이 나에게 묻는다
어디에 갔다가 이제야 오느냐
세월이 이렇게도 흐를 때까지

고향을 위하여
그를 찾기 위하여
이날에 찾아 온 나를 보고

메우지 못하는 세월을

향을 피운들
꽃을 드린들
그대들의 슬픔을 가시겠습니까

억울하게 죽어
갈곳조차 찾지 못하는
무연혼이 된 그대들
세월은 흘러흘러 80년

헤매고 헤매다가
고마(高麗) 내 고장 이름 붙은 이곳에
찾아 왔건만

땅은 이국땅
편한 자리는 찾기가 힘들어
아직도 혼은 중천을 방황하고

한세기가 다 되여 가도
풀리지 않는 그 원한
향을 피운들 메우겠습니까
꽃을 드린들 풀리겠습니까

억울한 세월을 메우려고
드리는 이 꽃이긴만
메우지 못하는 우리의 가슴도
아프고 쓰립니다
그래도 드리지 않고서는
견딜수 없는 이 꽃입니다
온 마음을 담은 꽃입니다

도장

오늘도
도장은
나의 뒤를 따라다닌다

이 나라는
그 무엇을 하려 해도
도장을 받아야 한다

배를 타고
비행기를 타고
제 나라를 찾아가는데도
도장을 받아야 한다

그 도장을 받기 위해
수십리, 수백리 길을
걸어야 할 때도 있다

그런데 그 어제날
우리 아버지들을
지하막장 탄광에 끌고 올 때는
우리의 누나들을 트럭에 싣고
위안부로 끌고 올 때도

그 무슨 도장을 찍었던가

사람의 운명 하나를 망치는데
손아귀 하나로 뒤흔들었건만
오늘도 도장을 들고
우리를 따라온다

나의 시에

그것은
심장에서 태여난
나의 분신일지도 모른다

기쁨의 마음
슬픔의 마음
분노의 마음
사랑의 마음

이 마음 노래가 되여
때로는 산을 넘고
바다를 건너
하늘을 날아
머나먼 이국땅에도
가 주었으면

어두운 밤길을 비쳐주는
달빛이 되여
걷는 외로운 사람들의
달빛이 되여주었으면

달빛이 되여

삶의 보람을 안겨주고
겨레의 넋을 안겨주었으면

이 원을 담아
못난 나의 분신에
채찍을 가한다

마음속의 고향집

설사 그집이
없어지고
고층건물로 변했다 해도
좋다

설사 그 마을에
고속도로가 들어오고
전차소리 요란해도
좋다

어린 시절
풀피리 불면서
저녁노을 등에 지고
집으로 가던 오솔길
그 오솔길이 없어도
좋다

그 마을에 선산이 있고
그 후예들의 사투리소리가 있고
웃음소리가 들려온다면

나는

서슴없이 찾아가겠다
나의 정든 고향이라 부르며
아, 나의 고향이여!

년도말풍경

여태껏
잠잠하던 거리가
갑자기 요란스럽다

여기서도 털꺼덕 털꺼덕
저기서도 털꺼덕 털꺼덕

밤이면
붉은 불이
이 길에서 뻔쩍 뻔쩍
저 길에서 빤짝 빤짝

지난해 국회에서
날치기로 채결한
예산이 남은가부다

그래 지금은 년도말
남은 돈 그냥 두고
3월달을 넘길수는 없다는가

바치는 돈 불어나고
받아야 할 복지는 줄어드는데

세금 주는 가난들은
차넘치는 분을 참지 못해
배속까지 털꺼덕 털꺼덕

차를 내려서

서울에서
승용차로 달려와
분계선 옆에서 차를 내린 대통령

지난날
이 선을 넘으려면
백번 목숨이 있어도
모자라던 선이다

이 분계선을
가을하늘 맑은 대낮에
남의 대통령이
령부인과 손을 잡고
환히 웃으며 유유히 넘는다

목숨을 앗아간
철조망도
장벽도
오늘은 없다

좋은 날이다
천산만수도

춤을 추지 않나

이제는 올것 같다
이 길, 이 땅 우를
청춘남녀들 사랑을 속삭이며
이 선을
자유로이 넘나들
그날이 눈에 삼삼

가을 하늘

곱게 물들었다
꿈속을 헤매듯이
이런 산길을 걷는것을
나는 즐긴다

개울물 노래소리도 좋고
나를 반겨 속삭여주는
뭇새들의 환희의 지저귐도
귀맛을 한결 돋구어주는구나

지난해에도 걸었던 이 길
그 전해에도 거닐었던 이 길
올가을에 또다시
내가 왔단다

산수화같은 산모습
금강을 방불케 하고
비록 자그마하지만
떨어지는 폭포는 구룡이여라

가을은
이제부터 더 깊어가려는데

그날의 하늘과 땅은
어떤 빛을 나에게 보여주려는고!

그날의 그 나무는

세월이 흘렀다
서른해가 넘는 세월이

난생 처음 찾아간 판문점에서
만난 그 나무는
분계선에 의해
한몸에 소속이 다른
가지와 잎을 가지고있었다

내 키의 두배 남짓한 버드나무
지금은
얼마나 자랐을가
어떻게 되였을가

혹시
눈에 거슬린다고
톱날을 맞아
흔적도 모르게 없어졌을가

아니면
하나의 몸이면서
부는 바람에 따라 달라지는 운명

오늘도 그 비운을
짊어지고 살고있을가

이 나무의 운명을
바로세우지 못한채
흘러간 세월은 그 얼마였더냐
그날엔 새파란 청춘이였던 나도
이제는 머리에 흰서리가 성성

아아 세월이여!
너는 무엇이 바빠
그리도 급하게 달리느냐!

전차간에서

붐비기에 이름난
JR 쥬오선 전차간
나는
요행히 자리를 잡았다

옆에 앉았던 사람이 내리자마자
자리를 차지한 두 녀인
그들이 주고받는 말
왜말이 아닌 우리 말

서울말은 아니다
전라도도 아니고
토배기말소리가
내 고향냄새 풍기는 정다운 사투리다

≪그러이께네 괘한타이까≫
≪저역밥은 뒤에 묵을 요량하고
얼런 가바야지≫
그리움을 참다 못해 말을 걸었다

≪고향이 어디십니꺼?≫
≪경상도입니더≫

≪아이구나, 고향사람이구만요≫
≪참 반갑습니더≫

잠시의 회화속에
마음은 반세기가 넘는
그날의 고향땅을 헤매여
내려야 할 역을 빠뜨려버렸다

두 역을 되돌아가 내린 빼스정류소
여느때보다 밤이 좀 늦었지만
나를 반겨주는 저 쪼각달
그 달빛이 한결 반가웠다

하늘이 노하였나

내 나서 처음 보았네
독한 전쟁도 겪어보았지만
총도 포탄도 쏘지 않으면서
그보다 더 무서운 란리를

세상력사에서도
보지 못했더라
이 땅의 상반신이
몸부림 친 이 란리는

당바닥에 금이 가고
산악같은 쯔나미가 덮쳐들어
수천 수만 사람들과
거리와 논밭을 삼킨다

이 나라 길쭉한 섬나라땅
삽시에 쯔나미에 잠겨버리고
물 달라 밥 달라 살려달라
울음소리, 고함소리

게다가
원자력발전소가 폭발

눈에도 보이지 않는 죽음의 방사선
온 하늘과 땅을 누벼다닌다

낟알도 못 먹고 물도 먹지 못하고
사람의 몸까지 녹이려고 달려드는 이 광선
농사군들의 피와 땀으로 이루어진
곡식, 남새도 눈물과 함께 버려야 하나

전기도 쓰지 못하는
캄캄한 밤중에
초불 찾으라고 고함 지르는
계획절전의 절규

하늘이 노하였나
귀신이 성을 내여 날뛰여 그러느냐
모진 지진과 쯔나미바람에
국회의사당도 들석들썩

나그네

내 고향을 등지고
이 땅 왜땅에 살기 시작한
그날로부터
흘러흘러 60년 세월

래일이면 가리라
명년이면 가리라
통일이 되면 가리라

손가락을 꼽기도 하고
펴기도 하며
반세기가 10년이 더 넘는 세월

이땅에서 주름살이 지고
백발을 이게 될줄이야
생각조차 못했다

하나의 조국을 꿈꾸고
고향을 찾아갈
글귀 한줄 쓸 때마다

내리는 흰서리에

불어나는 주름살에
한숨 쉬며 보내온
해와 달이 아니였던가

오늘도 나는
고향이란 짐과
통일이란 짐
무거운 두 등짐을 지고
이국땅 비탈길을
오르내린다

어이 구름아

어이 구름아
너 어디로 가는가
말 좀 물어보자

서북쪽을 향해 가니
내 고향쪽으로 가는게 아니냐

내 고향 우를 지나갈 때면
거기에 한마디
전해주기 바란다

70년전에 떠난 윤호가
아직도 죽지 않고
살아있다고
고향이 그리워서

좀더 오래 살아있다면
한번 찾아가겠다고
그 말만 전해다오
잊지 말고 꼭

어이 구름아!

인사도 없이

며칠전에
그 친구를 만나
악수를 나누었다
그 어떤 출판기념모임에서

그로부터 사흘도 될가말가 하는
어제 아침
그가 숨을 거두어
절에 누워있다는 전화소식

믿어지지 않았다
놀라지 말라는
전화속의 말이였지만
어찌 놀라지 말라는것인가?

서른해 남짓한 세월
다툼도 많았으나
같은 시간에 얼굴을 맞대고
같은 시간에 헤여지는 사이였다

매울것도 많았고
도울것도 많은 친구였다

요즈음 헝클어진 실마리도
풀지 못한채 눈을 감았단 말인가

사람들은
쇠덩어리같은 몸이라 하여
부러워하고, 탐내기도 했는데
하루밤사이에 소문도 없이 가버렸는가

나에게 인사도 없이 간 친구야
내 가기에는 좀더 시간이 걸리겠다
풀지 못했던 실꾸러미도 풀고
정답게 시를 론할 그날까지는

편히 쉬고 기다려다오
내 소주 한병 들고
좋은 소식 짊어지고 갈
그날까지

년말 한밤중에

창밖에
세찬 바람소리 울리는
자정넘은 한밤중

올여름은 하도 길어
가을 가는줄도 모르는 사이에
겨울이 왔네

며칠밤을 지나면
또 다가오는 새해

고향 떠나
이국의 하늘아래 살게 되여
흘러흘러 칠십년

나라가 쪼각난 그날로부터 반세기
서쪽하늘을 바라보고 살아온 세월
못견디게 사무치는 생각

이밤도 고향생각에
잠을 이루지 못하고
기울이는 술잔만 늘어난다

김학렬
金學烈

1935년생

일본 京都府에서 출생

시집 『삼지연』(1979, 재일본조선문학예술가동맹)

시집 『아, 조국은』(1990, 평양: 문예출판사)

논문 『조선프로레타리아문학운동연구』(1996, 김일성종합대학출판사)

	작품명	출전
1	벌거숭이나무	〈종소리〉 3호(2000 여름)
2	우리 집을 지키자	『겨레문학』 7호(2001 겨울, 2002 봄 합동호)
3	감하나	종소리시인집(2004)
4	날개	종소리시인집(2004)
5	열무김치	종소리시인집(2004)
6	장기수	종소리시인집(2004)
7	기상에서	〈종소리〉 22호(2005 봄)
8	소연	〈종소리〉 22호(2005 봄)
9	불승비감	〈종소리〉 26호(2006 봄)
10	시는	〈종소리〉 28호(2006 가을)
11	시내물	〈종소리〉 34호(2008 봄)
12	하얀 저고리	『치마저고리』(2008)
13	9월의 증언	『치마저고리』(2008)
14	서울대학, 늦가을의 오후	〈종소리〉 37호(2009 신년)
15	비 내리는 봉화산 기슭	〈종소리〉 39호(2009 여름)
16	아니, 저 흰 샤쯔가 시커멓다꼬?	
17	글쎄, 렬도는 지금[2]	

2) 〈아니, 저 흰 샤쯔가 시커멓다꼬?〉와 〈글쎄, 렬도는 지금〉은 고 김학렬 시인께서 작고 직전에 메일로 보내주신 작품이다. 발표 여부와 발표지 등은 확인되지 않았다.

벌거숭이나무

하늘 향해
마디진 손 뻗치고 선
시커먼 벌거숭이나무

서리바람속 가슴 에이는
그 아픔을 참고 견디면서
꿋꿋이 살아보겠다는
동포들의 몸부림인가

눈산에서 내리불던 찬바람이
그 뼈다귀를 만들었구나
온밤 윙윙거리던 한기가
그 참을성, 그 기골을 키웠구나

갖은 시련과 맞받아 서는
보기도 거치른 그 하나하나의 얼굴이나
그래도 이 저녁
노을 얹은 풍경은 확실히
힘찬 그림처럼
마냥 이 가슴을 흔들어주네

꺾이지도 밀리지도 않고

꿋꿋이 살리라고
벌거숭이나무들은 틀림없이
오는 봄의 울창한 수림의 설레임을
눈 감고 고이 듣고있는구나

우리 집을 지키자

동포들아
집을 지키자
우리 집을 지키자

웬 구두발이냐
우리 집문을 바수려 든다
웬 ≪수색≫바람이
우리 집을 휩쓸려 든다

우리 힘 모아
우리 집을 지키자
하나되여 바람을 막자

공 들여
우리 지은 크고도 떳떳한 집
집 없던 쓰라림이 몸에 배였기에
우리 힘 모아 셔우 지은
귀한 우리 집

맨손으로 쌓고 쓰다듬어
지성으로 꾸리고 이루어 온
우리 집, 우리 뜨락의

그 모든 재물들을 망가뜨리려 든다

오늘의 우리는
나라 빼기여도
그저 울부짖고 떠돌아 다니기만 했던
그런 옛적 신세는 아니다

갖은 못된 욕설을 듣고도
그저 애간장 태우면서 참기만 했던
그런 지난날 하인은 결코 아니다

저들이 저질러놓은 큰 죄과에는
싹 입 다물고 모른척하면서
도대체 누구를 탓한단말이냐

인도양너머에도 일장기 휘날리고저
대일본군국 나발 다시 불고퍼
그 옛적 총칼풍랑을 방불케 하는
오만무례 대낮의 탄압바람이란말이냐

우리 집 무너지면
우리 삶이 무너진다

어찌 호주머니에 두손 박고
남의 일처럼 곁눈질만 하랴
우리 손과 손 맞잡고
일심단결의 담장되여 바람을 막자

동포들아
집을 지키자
우리 힘 모아 집을 지키자
우리 하나되여 광풍을 막자

감하나

새파란 하늘 향해
잎도 없이 뻗은 빈 나무가지에
빨간 감 하나

너는 무엇이냐
늦가을 산촌의 외마디냐
마지막 호소냐

품에 안은 그 새 씨
기어이 단단히 키우려
아직도 떨어지지 않으려나

푸짐한 가을날을 꿈꾸어
너는 그렇게 찬서리 찬바람 무릅쓰고
끝까지 빨갛게 타는것이냐

날개

날개
저고리는 날개다
아침 해살 받아 안고
홰 하늘에 치달아 오르는
눈부신 희망의 날개다

아지랑이 속에
벙글벙글 웃는 봄꽃
우리 꽃봉오리 웃음꽃
그 모든 환한 꽃들이
아롱다롱 아로새겨진
저고리는 청춘의 날개다

장고소리, 북소리
둥덩둥덩 울리면
우쭐우쭐 어깨춤이 절로 나고
두 팔 훨훨 날아 올라
고향 산바람을 그리는 날개

이역의 칼바람 뒤헤치며
흰눈도 고운 내 나라 산줄기를 우러르는
저고리는 겨레의 불마음 품은 날개다

우리의 긍지
민족의 의지로 고동치는
저고리는 뜨거운 심장의 날개
제 정신을 찾아 배우며 살려는
우리 새세대 약동의 날개다

열무김치

파란 잎사귀에
새끼돼지 꼬리만한
가느다란 뿌리가 달린 열무
엊그저께 고향에서 보내왔네

내 고향 경상도의
시퍼런 기질인가
두메산골 산과 들의
토배기 숨결인가

바쁜 솜시로 담가도
풋고추에 딱 맞는 열무김치
저녁 밥상우에서
어서 들라 인사를 하니
컬컬한 탁배기도 청하고 싶네

썹쩝 입맛을 다시니
내 눈앞에
그리운 고향산천이
와락 달려 온다
달려 온다

장기수(시묶음)

량심의 바다

서울 서대문 옥창 너머
그대는 늘쌍
푸른 하늘을 바라보았다

북녘의 푸른 하늘 저 너머
처절썩 넘치는 바다물소리를 들으며
그대는 늘쌍 깨끗한 량심에 귀 기울였다

그 기나긴 세월
몸은 감방에 갇혔어도
량심과 긍지는 큰 바다우에서
갈매기마냥 하얀 날개를 쳤다

더러운 술자리에
어이 섞여 들랴
배반과 변절의 시궁창에
어이 빠져 들랴

옥창 너머
그대는 늘쌍

푸른 하늘을 바라보았다

고요한 물이 되여

서른 일곱해
그대는 독방에 가만히 앉아 있었다
고요한 물이 되여

수천년 시대를 내달린 만치
고금에 없는 순결이 되고
온 대륙과 대양을 내달린 만치
동서에 없는 거룩한 흐름이 되였다

벽계수의 량심으로 숨쉬고
폭포수로 마구 정의를 부르짖을 때만
비로서 진실한 그 무엇이 얻어지는가부다
새 길 찾는
빛나는 흐름이 될수 있는

진짜 사랑

칼날을 밟는 옥고를 견뎌낸
그 마음, 그 의지는 어디서 났을가
죽기보다
부끄럼 없기를 바랐던가

몸은 비록 독방에 갇혔어도
마음은 결코 갇히지를 않아
바다 같이 자유로우려는 장기수

그래서 경상도의 한 여인도 마음이 갔구나
그 크디큰 인품에
그래서 오갔구나
티끌만치도 보답을 바라지 않고
정성을 다 바친 진짜 사랑이

그 비좁은 독방에서
바다 같은 마음으로 살려던 비전향 장기수

기상에서[3]

저 논밭
저 산줄기 떨어져나간 곳에
내 고향은 자리잡고 있으리

예순 여해만에
기상에서 내려다보는 록색, 갈색의 풍경
마치나 꿈세계에 온 듯

반세기 넘도록
남의 나라 하늘아래서
남의 산야만 쳐다보던 이 눈길이
그리도 밟아보고싶던
그리운 흙덩이가 저기에 있다

발목을 걷고 건너보고싶던
철철 흐르는 개울이 저기에 있다
저기에 있다
내 할아버지와
할아버지의 할아버지

---

3) 〈서울행〉이란 큰 제목 아래 〈첫 서울구경〉, 〈학회〉, 〈연세대 정문곁의 시비〉, 〈소연〉, 〈한강이여〉 등과 함께 묶여 있는 작품 중 하나이다.

내 할머니의 할머니 땀이 스민
무덤이 저기에 있다
저기에 있다

소연

인사동 고서점을 들리고서
문인학자들이차린 소연모임이 있는
단골집 ≪이모네집≫을 찾아간다

낮으막한 기와집
이그러진 문짝을 열면
문도 마중하는듯 삐-걱하는 소리

이윽고 월하미인 녀주인의 웃음
≪어서 오세요
어르신들이 어이 갑자기…≫

굴비에 가오리무침
시금한 동치미와 보쌈김치
산나물에 돌김, 묵
게장, 된장찌개도 별맛이지만
막걸리가 제일
구면 초면 친지들의
웃음꽃, 이야기꽃이 또한 으뜸이네

금강산, 백두산에
대동강, 한강 이야기

한그루 나무도 이국것이 아니고
제 나라 제것이 제일로 좋다느니

민족작가대회그 마당에서
열띤 시 읊기를 겨루어보자고들
가슴 울렁이는 래일 이야기

이야기는 꼬리를 물고
또 하나의 단골집 ≪울력≫으로
주정뱅이문인들 밀며 들어간다

한잔 또 한잔
밤은 퍼그나 깊어가고
술도 얼근히 취한 속에
대동강반 밝은 달 아래
기어코 한잔 들이키자는
시우, 문우들의 ≪반복법≫소리

불승비감

불승비감(不勝悲感)

하염없이
평평 눈은 내리고
훌쭉이듯 평평 눈은 내리고
깊은 이 밤
창밖 푸나무우
지붕우
다리목우
온통 눈세계
이 가슴우에도 이 밤
하염없이
평평 눈은 내리고
깊은 슬픔 이길수 없는
깊은 이 밤
소리없이 눈은 내리고
하염없이 눈은 나래치고

불승비감

-고노 죠센진야로(요 조선놈)
-고노 죠센진야로

-고노 죠센진야로
씨름판 흙덩이우
지지리 눌리여
이그러진 면상우
리끼도산(力道山) 벌건 눈빛우
냅다차고
짓밟고
짓이기는 발길
끊임없이 퍼붓는 욕설
-고노 죠센진야로
-고노 죠센진야로
-고노 죠센진야로
리기도산 안면우
영화관 여사막우
그리고 또 여저기 텔레비 화면우
-고노 죠센진야로
-고노 죠센진야로
-고노 죠센진야로
종일토록 퍼붓는 욕설
암흑의 그 지난날과 똑 같은
오늘도 욕설
방금도 욕설

텔리비 신문도 눈 부라리며
욕설
욕설

불승비감

올 봄에
일본 학교에를 들다니
예쁘장스런 손녀의 보석웃음이
사무라이 칼에 맞은듯
갑자기 피덩어리 울상이 되여
이 할배 가슴을 치다니
치마저고리를 고이 입으려고는 않고
스스로 기모노를 걸치려는
얄궂은 포로 얼굴을 불숙 내밀고
이 할배 숨을 막히게 하다니
깊은 밤 이 할배
기가 막혀
숨이 차서
깊은 모대김에 눈바람되여
마냥 허공을 헤매누나
혼탁의 회오리로 헤맴이 재일이랴

참을성 없이는
단 하루도 못사는 이 땅
모욕과 고충과 버림의 긴 겨울철에
이를 옥물고
오는 봄 애오라지 고대함이 재일이랴

불승비감

하염없이
펑펑 눈은 내리고
홀쭉이듯 펑펑 눈은 내리고
모독의 계절에
허튼 소리와
허튼 사죄와
허튼 반성의 찬바람은 살판치고
오만과
적대시와
유린의 칼바람은 너털웃음을 터치고
이 밤 이 간또평야우에
꽃들이 방실 웃는
따스한 봄날은 아직 기척도 없고
악몽의 시각은 아예 떠나려고도 않고

깊은 이 밤
차디찬 이 섬나라우에
펑펑 눈은 내리고
깊은 아픔 이기지를 못하는
비통의 이 슴우에도
소리없이 눈은 내리고
하염없이 눈은 나래치고
펑펑
펑펑

※ 불승비감(不勝悲感): 비통한 감정을 이기지 못해 어찌할 줄 모른다는 뜻

시는

1

시는 마치
산골을 흐르는 물소리
맑은 마음

시는
온 하늘을 태우는 노을
불의 마음

그리고 산정에서 내려다보는 산촌풍경
유리같이 뻔쩍이는 호수
그 커다란 시야

또는
우렁차게 내리찧는 폭포수
그 억센 숨결

시는 봄빛을 속삭이는
향기로운 한송이 꽃
그 고운 미소

그리고 또 천년수림사이
만년을 앉은 바위우의 이끼
그 은근하고도 깊숙한 뜻

2

시는 바로
우리 생활, 우리 뛰는 심장
사랑의 꽃보라, 서정의 산들바람

창 밝은 교실에서 글 읽는
우리 꼬마들의 그 눈길
래일 향해 내달리는 지향

조명속에 부각된
북 치는 치마저고리 매혹의 춤
이역에서도 빛나는 전통의 얼

정녕 그러노라
우리 얼이 우리 시
얼빠진것이 무슨 시이랴

시내물

엷은 빛
어린 잎사귀와도 알은체
졸졸졸 흐르는 시내물은
흥이 나 춤을 추는듯
새 노래 즐기는듯

하늘 푸르름 치여다보며
무척 신이 나서 싱글거리매
시내 물무늬 저리도 말쑥하나보지
내 마음도 함께 씻어나주지

눈바람 마구 후려갈겼던
겨우내 그 지독한 광기는
정 언제 일이였더냐는듯

드팀없이 오고야 만 아늑한 봄날
기어이 어기질 않는 산야의 약조
민들레, 개나리들과도 서로 다짐을 두며

졸졸졸 졸졸졸
흐르는 시내물은 언뜻
나에게 귀 대여 묻는구나[4)]

너의 가슴에
졸졸졸 맑은 시내물 흐르느냐
푸름푸름
커다란 하늘에다 시를 쓰느냐

신의의 약조
정성의 꽃으로
긍지 있는 삶 애써 찾느냐

---

4) 〈종소리〉 34호에 이 부분은 다음과 같이 수록되어 있다.

> 졸졸졸 흐르는 시내물은
> 글쎄, 언듯 나에게 묻는구나

여기서는 고 김학렬 시인이 2012년 6월 26일에 메일로 보내준 원고를 따랐다.

하얀 저고리

먼 고향 푸른 하늘 뜬
한점의 흰구름과도 같구나
한없이 깨끗도 하고
부드러운 빛의 저고리

하얀 저고리에는
마을어귀 배나무밭 꽃잎과
아늑한 아침안개도 숨을 쉬지
백자의 빛을 뿌리며
금수의 산야를 흐르는
계곡의 맑은 물결도 춤추지

그 하얀 저고리에
먹칠을 하다니
금방 이께부꾸로에서
저 쯔루하시 긴떼쯔(近鐵)선에서

입학식날 누나의 웃음이 깃들고
김치맛 제일의 우리 어머니 솜씨랑
할머니 긴 담배대 연기도 엿보이는
그 하얀 저고리에 칼질을 하다니

3·1의 산천에 메아리친
그 하얀 두루마기에
마구 총질하고 먹칠을 한
검은 제복들의 검은 속심으로
오늘 다시 칼질을 하다니

8월의 기쁨이 빛나고
공민된 긍지가 넘치는
우리 청춘들의 가슴에 칼질을 하다니

저고리는
검은 칼질 그때마다 이겨내고
더 깨끗이 희여지네

그리운 조국의 푸른 하늘물로
씻어 입은듯
저고리는 언제나 하얗다네
언제나

9월의 증언

—간또(關東)대진재 80주년에 제하여

수면우의
저 빨간 번쩍임은
한의 눈물

80년전 그날의
피의 신음이 아니냐
9월의 그날에 타는 하늘
겨레의 애타는 통분이 아니냐

수면우의 번쩍이는 저녁노을
이 가슴도 빨갛게 물들이며
숙숙히 흘러 흐르는
겨레의 한의 강

아라까와(荒川) 기슭에 서며
9월의 그날의 무거운 증언
그날의 피의 고발을
지금 이 가슴에 듣는다

1

≪쳐 없애라!≫
≪조선인 죽여라!≫

80년전 그날
간또평야를 뒤흔든 저 소리
도꾜, 가나가와
사이따마, 지바…
거리마다 하늘마다
무시무시하게 울려간
저 미친 욕설

지금도 검은 흉탄이 되여
우리 집 문을 꿰뚫는다
금방 백색 칼날이 되여
치마저고리 청춘을 찢뜨린다

델레비노 아침 일찍부터
≪쳐 없애라!≫
≪쳐 없애라!≫

2

≪불령선인(不逞鮮人)의 방화로
온 시가는 불바다
사상자는 부지기수(不知其數)'

내무대신 미즈노(水野)의
이 한장의 전문이
6600여 목숨을 앗아갔으니
대학살 불바다의 불씨되여

3·1의 만세소리
≪쌀소동≫의 아우성소리
민중의 불만, 항거의 불마음을
딴데에 과녁 삼도록 지핀
모략 불바다의 불씨디여

삽시에
온 간또평야에 활활
바람 부는 온 길거리에 활활
물결치는 강물우에 바다우에 활활

캄캄한 밤하늘에 활활
활활 활활

3

불안과 초조 속에
검은 연기 구을리는속에

소오부선(總武線) 역두
무리 이룬 사람들앞에서
한 군인이 일장연설

≪제군
불령선인이 지금
갖은 폭행을 다하는 고(故)로
계엄령이 선포되였다

이상한 놈은 모조리
괜찮아, 모조리 쳐 죽여라!≫

이윽고

무릎을 꿇고
두손 모아
제발 살려주소서 애걸하는 사람에게
몽둥이로 때려 패고
쇠갈구리로 찍고
렵총으로 쏘고

≪아이우에오, 까끼꾸께꼬≫
≪쥬고엔 고짓센(十五円五十銭)≫
말해보라면서

또는 발도수하(拔刀誰何)하면서
동포들 손목을 바줄로
념주(念珠)알같이 꿰여매고

≪여보시우
당신은 몇놈 쳤어?
난 오늘까지
여섯놈을 쳤지≫

≪생대나무가
다 부러져나가도록

마구 후려갈겻지≫

사람 입에 담지 못할 말도
함부로 뇌까린다
짐승임을 자랑 삼는 족속들이다

불안과 초조 속에
검은 연기 구을리는속에

4

3일날이였던지
4일날이였던지
바다 기슭에서 자경단원들이
여라문의 조선인을 잡았지

새끼마저 다 타버리고 없지
그래 철사로 배전에다 묶어서는
석유를 끼얹고
확 불을 붙여놓고
저 어둑컴컴한 바다로 몰아냈지

미쳐 춤추듯이
활활 타는 저 빨간 불길

5

전주대에
철사로 꽁꽁 묶어놓고서는
마구 때린다
찬다
쇠갈구리로 머리박을 찍는다
대창으로 찌른다
비참의 극이지

그런데 그네들은
눈에서 줄줄 눈물 떨구면서
내 살려주시요
사람 살려주시요 빌기면 하지
괴상하게도
결코 비명을 지르지 않거든

6

한 임신부가
어린 아이를 데리고
안보여진 남편을
애타게 찾고있었어요

자경단이 ≪와-!≫하고
부릅뜬 눈의 그를
아차하는 사이에 애워쌌지요

그래서 배를 자르고서
태아까지 꺼내고 발로 함부로 짓치는데

아유, 무서워라
세상에 저런 일이…

난 와들와들
몸이 떨리고 치가 떨려
소름이 끼치는걸 어쩔수 없었더군요

하염없이
눈물만 자꾸 솟구쳤더군요

7

한 열여덟쯤이나 됐는지
애젊은 처녀애였어요

≪죽이려면 죽여라!
너희들에 대한 원한을
죽어도 안잊을테야!≫

그녀는 자경단앞에
가슴을 내밀면서 대들었지요
≪죽이려면 죽여라!≫

자경단은 염소 치듯이
대창으로 그녀 그슴팍을
마구 치고 쳤어요

이래서 경찰 뜰안은

수다한 조선사람 피로
삽시에 물들었지요
삽시에 피바다로 변했지요

빨간 피는 죽어서도 마치나
흐느껴 우는듯 했지요
분노로 타는듯 했지요

8

불쑥
내민 칼의 둔한 소리

뚝
말없이 깍듯이 쓰러지는
검은 그림자

전등불 하나 켜이지 은
고요한 한밤
류치장 컴컴한 안마당

주소도
이름도 알아보질 않고
그저 련달아 끌려나와서는
발가숭이 되고
차렷 자세 되고

병사가 총칼을 쑥 들며는
또 하나가 호령을 쳐서
들던 손을 와락 내린다
총칼이 힘 자라는대로
쿡 찌른다

변소 창문너머
별빛아래 어렴풋이 비치던
이승의 일이라고는
도무지 생각도 못할 광경

500명이 넘는 검속자들
누구 하나 공포에 휩싸여
찍소리 내지 못했다
어둑컴컴한 가메이도(龜戶)경찰소 류치장
저승 지옥과도 같은

진저리 나는 무서운 광경

남의 속 아픔
민족심의 진통이랑
당초에 알려고도 않는
이 사무라이나라의
진면모였을지도 모르지만

9

≪오사까시사신보(大阪時事新報)≫
10월 20일부의 기사-

… 가나가와(神奈川) 방면에서는
2일 아침부터 류언이 퍼지고
고야스(小安) 자경단의 다수가
일본도를 어깨에 자전거로 달리며
≪조선인은
남김없이 쳐 죽여라는
방금 경찰서 명령이 나왔습니다≫
하고서 일부러

나마무기(生麥) 방면까지 통달하였다

때문에 시민들은 떨쳐나서
2일, 3일, 4일의 사흘동안에
50여 선인 (鮮人) 참살시체가
주로 철도선로 부근에 유기디였다 ……

우로부터의 ≪야라세(시킴)≫는
끝내 어제도 오늘도
판판 별다름이 없는것이구만

10

아이구

흠뻑 물에 젖어
강 기슭에 기여오르니
한 사나이가 나에게 면바로
들었던 일본도를 내려갈겼지요

칼을 막으려고

언뜻 왼손을 올려
나는 바로 칼을 받았지요
그래서 왼손 손가락은
이처럼 몽땅 떨어져나갔지요

나는 바싹
그 사나이 허리를 붙잡고서는
일본도를 뺏어 안깐 힘을 쓰고서
막 칼을 휘둘렀지요

내가 기억하고있는건 여기까지고
그 뒤일은 통 모릅니다

상상하건대 이것, 이와 같이
온 데에 생긴
이 상처로 짐작이 가는대로
나는 일본도를 맞고
대창으로 찔려
정신을 다 잃고 쓰러져버린거지요

쇄골의 이 상처는
일본도로 베인거고

왼쪽 겨두랑이의 이 상처는
대창으로 찔린거고

오른편 볼의 이건
무얼 맞은 상처인지 알수 없군요
머리엔 이렇게
네군데나 상처자리가 남아있지요

나중에 들은 이야기나마
아라까와 강뚝에서 죽은 동포는
참으로 다 헤아릴수 없이 수다했으며
시체는 데라지마(寺島) 경찰서에
마구 끌려갔지요

들것에 얹어서 날라다간게 아니고
고기시장에서 고기를 걸쳐서
질질 끌어당겨가듯이
둘이가 쇠갈구리로
여기, 요 발목을 걸쳐서
질질 끌어당겨간게지요

오른발과 왼발

두발 안쪽의 이 상처는
내가 정신 잃은후
경찰서까지 끌어당겨갈적에
쇠갈구리로 걸쳤기에 생긴 상처지요

나는 이와 같이
질질 끌려서
죽은 고기 모양으로
내던져지고있은게지요

어두운 야밤중 나는
시체더미속에서 겨우 기여나와
구사일생으로 용하게도 살아남았지만
망국노 신세란 참
말할수 없이 비참한거였지요

아이구

저렇게도 잔학무쌍한
대학살을 당하고서도
나라 없어
항의 하나 못해봤으니까말이요

정말이지
조국은 바로 생명이예요

온 수면우의 빨간 저녁노을
망향의 한숨인양 서레이는
무사시노(武蔵野) 선들바람

력세의 한을 싣고
지금 숙숙히 흐르는 강
아라까와

이 가슴에도
지금 숙숙히 흐르는
무거운 독백 실은 강의
피의 흐느낌 실은 강의
9월의 증언을 듣는다
통곡의 고발을 듣는다

잔학의 극치를 이룬
9월의 저 배타정신은
도대체 말끔히 가시여졌는가

집요한 야수꾸니(靖国)정신
아우슈위쯔류의 저 대학살범죄는
도대체 력사앞에 청산되였는가

비분의 이 불마음
수면우에 타번진다
타번진다

서울대학, 늦가을의 오후(시묶음)

서울대학, 늦가을의 오후

가을이 짙어가는 관악산 풍치지구
굽이굽이 산림길을 에돌며
차로 한참 달렸다

여기가 서울대학교 인문대학
저기가 중아도서관
대학도시라 할만치
산우, 산사이 드넓은 구내
이곳에서 내 한마디 토했네

— 북과 남
　선입견 말고
　반목 말고
우선 서로 잘 알자
우선 서로 어울리자
현실 리해부터가
학문의 시발이 아니냐

북의 문학-
쎄미나 보고, 토론을 마치니

시원한 박수의 바람
우의의 웃음 물결되여 넘쳐오고

늦가을 의 오후
해님도 창가에서 마냥 싱글벙글

부산행 차간에서

으짤긴기요
그른기 아인기요

그르인케네
그라면 그르카이소

개한소
물으보도 않는데

아이구 너무 하든마
은간 하믄

지구장

잘 있는구 갚다…

부산행 차간에서 엿듣는
아지마시 흙냄새 나는 말소리

무슨 이야긴지 딱히는 몰라도
어릴 때 들은 무척 반가운 말씨

도무지 겁잡을수 없이
내 혼은 이리 뛰고 저리 뛰고

고향집 작은어머니

귀향 5살때 얼굴 그대로라시며
인차 나를 알아보고서
흑흑 느끼시는 작은어머니
이윽고 니 할배가
손자 보고싶다면서 숨 거두셨다는
애탄 말씀이다

기쁠 때

왜 사람들은 이리 울먹거리는지
흐느낌속에 등어리 어루만지며
슬슬 손등을 쓰다듬으며
반세기여의 안부를 묻는다

주렁주렁 달린 감나무아래
퇴마루에 앉으신 숙모는
왜 오늘에사 찾아오는가고
자꾸만 앞서는 원성

함안 산골에
외로이 사시는 우리 숙모
요새는 무릎이 아파
제대로 나들이도 못하고
산소도 찾가가질못한다는
한 피줄끼리의 하소다

68년만에
고향집 비좁은 뜰악에 들어서
작은어머니께 첫 큰절인사와
한그루 감나무에 첫 상봉인사

감이나 따가거라
정 감맛, 고향맛 보러도
이젠 자주 와얀다…
작은어머니 정겨운 말씀은
자꾸들 거듭되고

고향길

근 70년만에야 찾아간
명승 여항산 어귀의 고향
— 길 좀 물어봅시다

마을길 초입 녀인이 바로 외숙모
— 아니, 우리 집인데
　아이구, 희안하다
　하느님이 이끌어주셨는가베

외삼촌이 몸져누우신다는
고향집 찾는 내 앞을
앞서 다그쳐 가시는
흰 치마저고리 어머니의 영상

— 어머니 돌아왔습니다
  어머니 어서 가십시다
속으로 부르짖는 목메인 외마디

초면인 외숙모는
내 손목 꾹 잡고
좀처럼 놓으려 않으신다

어린날 오던 이 길
마치 어제일 같은
꿈길 같은 이 길

백발이 되여 내 지금
헐레벌떡 성급히 간다

억울하게 타향에서 눈 감으신
어머니와 함께 달려간다

첨성대

람색천공을 이고 선
27단 화강석의 석단
원통형의 그 곡선은
정녕 미록보살의 몸집이냐
아니면 지상의 북두칠성이냐

첨성대 -
조선의 긍지와 슬기 앞에
부지중나마저 석탑이 되여
꼼짝을 못하고 오뚝 서거니

남해바다 헤쳐 달려온
내 가슴에 내 몸뚱아리에
은하수 대성좌가 흐른다
뭇별의 가야금소리
회오리 민족사를 전한다

비 내리는 봉화산 기슭

하늘도 우는가
바위도 울음 터뜨리는가
비 내리는 봉화산 기슭
100만 통분의 사람바다 눈물의 바다

온종일 내리는 비속에
고이고이 내리는 비속에
흑흑
녀학생 어깨는 느껴울며
할머니 손주먹은 땅을 치며 가슴을 치며

저 젊은이 볼에도 눈물
저 로인네 볼에도 눈물
펑펑
펑펑
하염없이 눈물은 흐르고 흘러
아린 애간장 타기만 하고

불이 인 이 눈퉁이는 분명히 보나니
삼가 분향재배하는
가슴가슴들에 담은 그 드센 의지
어두운 강산 밝혀내고야 말

그 불의 의지[5]

비 내리는 봉화산 기슭
100만 통분의 사람바다 눈물의 바다

(로무현전대통령을 추모하여)

---

5) 이 작품 역시 시인께서 메일로 보내준 원고에 따랐다. 〈종소리〉 39호에는 2, 3, 4연이 다음과 같이 수록되어 있다.

> 온종일 내리는 비를 맞아
> 온통 비를 맞아
> 흑흑
> 저 녀학생 어깨는 느껴울며
> 저 할머니 손주먹은 땅을 치며 가슴을 치며
>
> 저 젊은이 볼에도 눈물
> 저 로인네 볼에도 눈물
> 펑펑
> 펑펑
> 하염없이 눈물은 흐르고 흘러
>
> 아린 이 애간장 타기만 하고
> 불이 인 이 눈퉁이는 분명히 보나니
> 삼가 분향재배하는
> 가슴가슴들에 담은 그 드센 의지
> 어두운 강산 밝혀내고야 말
> 그 불의 의지

아니, 저 흰 샤쯔가 시커멓다꼬?

—우리 조고 ≪무상화≫를 요구한다

파아란 하늘아래
백호같이 홱 달리는
저 흰 샤쯔 투구선수는
왜, 학생이 아니라꼬?

울뚝불뚝 달리는 가슴팍
저 오사까조고
내 모교 투구선수는
아따, 학생이 아니라꼬?

도대체
어떤 눈알이기로
아니, 저 흰 샤쯔가
기어이 시커멓다꼬?

허, 참
말이사 ≪사죄≫라면서
≪합병≫을
≪합법≫이라듯이
이 나라는 기만천지로구만

남의 나라 떼지운 비행기 소리로
저리 온 하늘이 요란코

귀와 가슴통 쫙- 찢겨나가도
≪자유≫요
≪평화≫요라듯이
온통 허위천하로구만

삼척동자가 봐도
흰 샤쯔는 흰 샤쯔
거꾸로 서봐도
결단코 시커멓지가 않노니

홱-
하늘 날으는듯 저 흰 샤쯔
우리 새세대 싱그런 가슴가슴에
오는 새날 위한 ≪우애≫의 꽃
과시 피우려뇨?
아니 피우려뇨?

허, 참
시커먼 소가지
백을 다시 삼키려뇨?
원, 세상에
별 일 다 보겠다

글쎄, 렬도는 지금

글쎄, 렬도는 지금
온통 땀투성이, 지글지글 사우나판일세

무등히도 더울시고
여저기 미친듯이 막 부채질, 선풍기 바람

길섶에서 꼭두각시절 주거니 받거니면서도
후닥닥 갑작스런 ≪센수(扇子)≫질이시네

겉은 맑은 물흐름, 웃음꽃 갸륵한 인사이건만
안속은 영 딴판 음충스런 분들이 더러 보이시고

세상에 인권제일 나라로 큰 소리면서 이곳엔
≪조선고교 무상화≫ 택도 없다시는 기만바람 활개짓

남의 아픔이나 도리사
예전 수길(秀吉)처럼 아예 상관도 없으시고…

이곳 렬도는 지금
임청난 ≪엔다까(円高)≫, 방사능 열풍 사우나판이언만

록수계곡 시원한 노래속에 친지들과
가식없는 이 웃음, 이 잔은 글쎄, 호기만발일세

김정수
金正守

1954년생

일본 千葉県에서 출생

시집 『꿈같은 소원』(1996, 평양: 문학예술종합출판사)

	작품명	출전
1	우리 말 단어장	〈종소리〉 47호(2011 여름)
2	눈물로 ≪애국가≫를 부르네	〈종소리〉 48호(2011 가을)
3	사진병풍	〈종소리〉 49호(2012 겨울)
4	휘장	〈종소리〉 49호(2012 겨울)
5	비닐주머니	〈종소리〉 52호(2012 가을)
6	세금 4만 8천엔	〈종소리〉 53호(2013 신년)
7	국제올림픽위원회앞	〈종소리〉 54호(2013 봄)
8	우리 글 엽서	〈종소리〉 55호(2013 여름)
9	어머니 ≪모≫자	〈종소리〉 56호(2013 가을)
10	≪오·모·떼·나·시≫	〈종소리〉 57호(2014 신년)
11	쯔루미역 4번선홈의 벽시계	〈종소리〉 58호(2014 봄)

우리 말 단어장

책상 서랍을 여니
이제는 빛이 바래고
드문드문 손때도 묻은
우리 말 단어장이
나를 지켜보네

벌써
서른해 세월이 흘렀구나
무사시노 별빛아래
기숙사의 밤을 밝히며
한페지 한페지 메워진
우리 말 단어장

조기천과 정서촌
리기영과 석윤기에 빠져
어두운 밤 련인을 만난 듯 찾아낸 별
사랑을 담아
한 단어, 한 단어 적었었지

자신이 써낸 시
교수선생님 퇴짜를 맞고는
억울함을 참고

다시 이를 악물며
한줄한줄 늘어간
나의 우리 말 단어장

귀퉁이는 닳았어도
민족의 얼이 빼곡한
우리 말 단어장
이역에 태여나 갈 길 많아도
어머니말과 함께 살아가는 길 찾아준
고마운 배움터의 추억을 불러주는데

오늘 이 시각
우리 학교 운동장에
또다시 차별과 간섭의 칼바람 몰아치거니

— 요놈의 바람 용서치 마자
서랍에 잠자던
우리 말 단어들이 획획 일어나
나를 지켜보네

눈물로 ≪애국가≫를 부르네

차간이였다
울며 보채는 아이에게
애미가 내밷었다
— 그만 그치지 않으면
　북조선에 데려가겠다

자그마한 선술집
얼근히 취한 사나이가 뇌렸다
— 북조선 그런 나라
　지구상에서 꺼지면 좋겠다

≪악의 축≫으로 몰리운 나라
제국주의압살의 포화가 멎지 않는 나라
그 나라의 ≪애국가≫를 부르며
정대세가 운다

백번 맞아도 굴함없이
≪조선식당≫ 가게 간판을 지키는 주인도
응원부채로 얼굴 가리며 울고
≪필승조선≫ 빨간 티샤쯔 입은
붉은 파도가 온통 흐느낀다

비바람속에 나붓기는 공화국기에
하많은 생각을 싣고
텔레비 앞에 앉은
마음과 마음들도 운다

아, 조국이란 무엇인가
이역의 시련속
차별의 바람속에서도
이렇게 이렇게
눈물로 ≪애국가≫를 부르네

사진병풍

학생미술전회장에 전시된
얼굴사진으로 만든
칠면 대병풍

혹가이도에서 규슈까지
우리 학교에서 배우는
7천명의 얼굴이 웃고있네

이름도 다르고 교복도 다르지만
이 땅에서 민족의 얼 심어가는
우리의 보배들 한자리에 모였구나

이역의 찬비
차별의 바람 더욱 사나워도
우리의 웃음만은 빼앗지 못하리라고

희망을 가슴에 한껏 안고
이 고난의 세월을 이겨가는
7천명의 꽃비디

이 사진병풍
일본국회의사당 입구에 세워놓고
웃음폭탄을 안겨주고싶구나

휘장

조국을 다녀온
우리 학교 축구소조꼬마들
가슴에 단 휘장을 앗아갔다

하네다공항 세관이
북조선에서 산 물건은
모두 몰수품이라고
가슴에 단 휘장마저 앗아갔다

어머니가 준 용돈으로
려관 매대에서 산 휘장
접대원 누나가 따뜻한 손으로
직접 달아준 휘장

국기휘장일가
백두산그림휘장일가
아니면
소년단기휘장일가

조국을 그리는
꼬마들의 꿈을 앗아갔다
작은 가슴에도 움튼

민족의 얼을 앗아갔다

바라건대 꼬마들아
오늘의 굴욕 두고두고 잊지 말고
요 하네다공항에서 세계를 넘나드는
민족의 큰 사람으로 자라다오

비닐주머니

어느 상점에서 샀을가
술 한병
비닐주머니에 넣고

이른 아침에 비볐을가
도시락에 담은 생만두도
비닐주머니에 넣고

새집들이 축하하는 선물뿐이랴
희망의 래일도
비닐주머니에 가득 담아서

눈 설자에
주인 주자
곱게 생긴 젊은 녀인

이름그대로
찬눈 헤쳐가는 나라에
붐을 부르는 주인이 되여 빛 뿌리는듯

샤넬도 아니고
굿치도 아닌

장마당 비닐주머니

오늘처럼 소문없이 온 나라 새집들이
면면이 축하하러 가주셨으면…
소박한 비닐주머니 그 맘으로

세금 4만 8천엔

아베총리
당신은 이밤도
호텔 오오꾸라 고급료리집에서
밀담의 술잔을 기울이고

나는 대중식당 구석에 낮아
여윈 지갑을 꺼내여
제일 값싼 소주를 찾는다

세금 4만8천엔
래일은 납금기한날
이 나라에 사는 이상
그래도 의무는 다해야 한다고
없는 돈 털털 털어서 바쳐왔네만

우리 세금으로 사는
아베총리
당신은 총리가 되자바람으로
한짓이 도대체 무엇이요
우리 학교 탄압에 이골이 나
차렬[6]의 첫 시책부터 폈으니

나는 이제
세금을 바치지 않으리다
우리 미래들 가슴에 못을 박은
몹쓸 나라 몹쓸 총리에게
세금 한푼 바치지 않으리다

차라리
미납자협의로 옥에 갇히여
내 바친 세금으로
먹고간다면 참으로 시원하겠다

---

6) 차별의 오기로 짐작된다.

국제올림픽위원회앞

아침신문들은
미친듯이 빠른 개화를 이룬
벗꽂소식과 함께

2020년 올림픽후보지
도꾜시찰을 끝내고
귀로에 오르는 당신들을
대서특필로 전하면서

≪평화의 축제≫에 맞는
둘도없는 후보지
≪차세대의 꿈≫을 이루는
스포츠축전의 으뜸가는 후보지라
소감을 길게도 늘어놓았네

당신들은 들었습니까
일본의 거리거리에서
배움의 권리 빼앗겨
찬바람속 서명용지 들고
울분을 터뜨리는
우리 학교 ≪차세대≫의 웨침을

당신들은 보았습니까
어제는 교복이 칼에 찢기고
오늘은 차별의 된바람 몰고
학교교문까지 닫아버리려는
이런 ≪평화≫가
아직도 이 나라에 있음을

미친듯이 고아대는 확성기소리에 놀란듯
하늘하늘 떨어지는 벚꽃이
당신들을 송별하고있습니다

우리 글 엽서(이야기시)

오랜만에 친구 만난 반가움에
한잔이 두잔, 두잔이 석잔
하꾸산 선술집의 밤은 깊어가고
이야기는 시내처럼 흘러가고

— 동포입니까
저는 도요대학 학생입니다
곁에서 들려오는 우리 말에
젊은이 마음 강물처럼 출렁인가봐

— 우리 이름으로 학교에 다니면서
우리 말을 전혀 못한다면 부끄럽네
선생질을 한 옛버릇인가
난 그만 설교를 늘어놓았네

꽃피는 봄, 비오는 장마철을 돌고돌아
엽서 한장 날아왔네
— 우리 글로 쓰는 첫 소식입니다
그때는 고맙습니다

한글자 틀렸어도
선술집구멍가게에서 새로 태여난

민족의 작은 탄생
내 마음 바다처럼 파도쳤네

어머니 ≪모≫자

모교의 생일 60돐이라
엽서 한자 날아왔네

나에게 목숨처럼 소중한
모국어를 배워준 곳

이역살이 힘들 때 폭 안아주는
모국의 품을 찾아준 곳

모국어, 모교, 모국
어머니처럼 다 귀하여서

≪모≫자가 붙었음을
왜 오늘날 다시 생각해볼가

≪오·모·떼·나·시≫

≪오·모·떼·나·시≫
이 말이 항간에 떠돌더니만
올해의 ≪류행어대상≫이라
메스콤이 련일 떠들썩거리네

사전을 펴보지만
알쏭알쏭
≪대접≫이란 말이 맞는것 같은데

딴 나라엔 없는 일본만의 대접
≪오·모·떼·나·시≫로
도꾜올림픽에 오는 외국손님을
환영하겠다고들 야단법석이네

이 땅에 끌려온 선대들
대를 이어 사는 후손들
참, 우린 언제 한번
≪오·모·떼·나·시≫를 받아본적이 있었던가

≪징글벨≫울리는
세말의 추운 거리에
이 나라 ≪오·모·떼·나·시≫의 찬바람 맞는
서명용지 든 교복들이 떨고있다

쯔루미역 4번선홈의 벽시계

오늘도 고마움을 새기며
시계는 돌고있다
몰아치는 눈비를 맞으면서도
50년을 하루와같이 돌고있다

간또대진재
조선인학살의 생지옥속에서
구원의 손 뻗쳐준 일본사람
그 은정을 새기며

부두공사판에 끌려와
막로동에 시달린 손들을 노경주며
시래기국 끓여준 일본사람
그 인정도 새기며

≪여러분 안녕히—
조선민주주의인민공화국
쯔루미역 귀국자일동
1959년≫

이 시계, 이 글판 떼놓으라고
우르룽거리는 소리에는 끄떡없이

그 감사의 날들을 바늘에 새기며
오늘도 시계는 돌고있다

퇴근길, 내 손에 든 저녁신문엔
또 ≪제재≫의 큰 활자
쯔루미역 4번선홈에
전차가 들어선다

서정인
徐正人

1956년생

일본 兵庫県에서 출생

시집 『향산의 나날에』(2002, 재일본조선문학예술가동맹)

동요동시집 『파도와 모래』(2006, 평양: 문학예술종합출판사)

논문 『재일조선아동시가문학연구』(2002, 김일성종합대학출판사)

	작품명	출전
1	9월의 분노	〈종소리〉 16호(2003 가을)
2	졸업축하연 스피치	〈종소리〉 30호(2007 봄)
3	내 고향	〈종소리〉 31호(2007 여름)
4	평양 스케치	〈종소리〉 36호(2008 가을)
5	나무다리	〈종소리〉 39호(2009 여름)
6	산	〈종소리〉 45호(2011 신년호)
7	늦동백	〈종소리〉 46호(2011 봄)
8	글을 쓰우려니	〈종소리〉 49호(2012 겨울)
9	동향친구	〈종소리〉 50호(2012 봄)
10	엄지물오리	〈종소리〉 51호(2012 여름)
11	전정	〈종소리〉 53호(2013 신년)
12	땀과 밥	〈종소리〉 57호(2014 신년)

9월의 분노

세월은 흐르고 또 흘렀어도
그날의 원한은
우리의 가슴마다 력력히 새겨져있거늘

이제는 무참히 학살당한 동포들의
증손이며 그 자식들이
이역땅 일본에서
보란듯이 조선의 슬기를
만방에 떨쳐가는 2003년에

잊지 않으리라
여든해전, 간또대진재 터진 그때
나라 없는 망국노의 신세였다는
단 하나의 사실이 죄 아닌 '죄'로 몰려
눈도 제대로 감지 못한채
무참히 학살당한 희생자의 의분을

기억속에는 없어도
심장속에 새겨져잇어
흐르는 후손들의 피줄기마다
오, 9월이 오면 분노로 높뛰고
맥박치는 순간마다 치떠는

모든 희생자의 뜨거운 피가
우리 몸에 증오로 타올라라!

날과 달이 또 가도
지난날의 이야기가 아니다
'과거청산' 이 말에
아무리 귀를 막아도
단 하나의 사실만이 진실인것이니

뙤약볕도 울분으로 타오르는 이 여름날
피 묻은 9월의 하늘아래
한번 더 똑똑히 말해두나니
우리 후손들
시대의 '의무'를 다하고야말테다

지은 죄는 어디에 묻어놓고
오늘도 미친듯이 파렴치하게
우리를 반대하여 목청 돋구어 불어대는
세기를 이어 못고치는 네놈들의 그 버릇
기어이 바로잡고야말테다!

졸업축하연 스피치

아버지 1

아들을 대학입학 시켰을 때
언제 그만 두고 돌아올지 궁금했는데
4년을 보냈으니 마음 놓입니다

그런데
공부는 좀 하되
붉어지지는 말며
일군으로 나설 생각은 아예 말라고
입이 닳도록
귀에 못이 박히도록
방학에 볼 때마다 말했더랬는데
집의 장사는 누구에게 맡기려고 하는지
상담도 없이
학교교원이 되겠다고 합니다

어쩌겠습니까
실은 기쁩니다
여러분, 고맙습니다

아버지 2

나는 대학을 졸업할 때
꼭 교원이 되고싶었습니다

그런데
지방조직의 요구를 따라 조청일군이 됐지요
후회는 없으나
지금도
교단에 서는 사람이 부럽습니다
이 애는 희망대로 교원이 될 줄 알았는데
졸업반이 되어서 생각을 바꾸었답니다
반동놈들이 더러운 구두발로
우리 조직 짓밟으려 날뛰는
엄혹한 이 세월을
동포들이 지키는 최전선에서 싸울 결심
스스로 다졌답니다
자식이 뒤를 이어주니 기쁘기는 한데
기쁘다고만 할수 없는 복잡한 심경입니다

어쩌겠습니까
부자간이 동지가 되어

애족애국하렵니다

어머니 1

늦동이 외동딸이 열두살때
조선학교에 가겠다고 갑자기 말했으니
얼마나 당황했는지 아십니까
기숙사에 보내기가 싫어서가 아닙니다
애 아버지는 민단에서
큼직한 역직을 맡았었으니
그럴수밖에요

그런데
손녀같은 딸을
나이 먹은 아버지가 어떻게 이기겠습니까
걱정도 많았고 불만도 있었습니다
남몰래 조선학교를 찾아가는 나날에
민단사무소에서
우리 학교 자랑을 하는 사람이 되었습니다

어쩌겠습니까

자기 딸 자랑을 늘어놓으려면
조선학교 이야기를 할수밖에요
시집을 어떻게 보내는지
두고 보십시다

어머니 2

아버지 없이 키운 아들입니다.
남들처럼 못해준것이 더 많습니다

그런데
우리 학교에 보낸것만큼은
정말 잘한 일이였다고
오늘따라 더욱 느껴집니다
— 어머니, 대학공부까지 시켜주셨으니
  앞으로는 돈을 벌어 은혜를 갚아야겠는데
  먼저 해야 할 일이 더 많은것 같습니다
  학생이 셋인 작은 학급이라지만
  제가 안가면 그들을 누가 봅니까
  보내주십시오
이러질 않겠습니까

어쩌겠습니까
세상의 어머니들은 어떨 때나
아들들의 제일가는 응원단이 아닙기까

내 고향

사람마다 노래하고
안기여 사는
나서 자란 땅이 고향입니다

몸과 마음 자래워주고
대대손손 파아란 산소가 있는
마음은 한시도 못 떠나는 곳…

그래서 생각은 많았습니다
이역땅에 생을 받은 이 몸입니다
그리울 내 고향은 어딘가고

고향땅을 찾았다고 헤매였다고
고향 없는 사람이라 하지 마세요
흐르는 피줄기는 하나입니다

우리 학교서 익힌
춤노래 가득 안고
내 나라에 달려가 활짝 펼치지

내 가슴에
평양의 푸른 하늘 새겨지고

그 가슴으로
서울을 누비는 세찬 바람
한껏 들이쉬였습니다

글쎄 정말입니다 그날부터는
깨끗한 마음으로 하늘을 우러르면
아득히 조선의 하늘이 펼쳐지고
바다 넘어 살랑 봄바람 불어오면
온몸으로 고향의 향취 느껴보는것입니다

통일렬차 기적소리 울리여오는 삼천리
우리 나라 산과 들이
내 고향입니다

이역에서도 보란 듯
민족의 슬기 키워가는
내 가슴속에
소중한 고향이 있습니다

평양 스케치

1

광장에서 아침훈련 끝낸
≪청년전위≫ 대학생들
제각기 화물차에 올라타고
대동강반 도로를 나란히 지날 때

— 3중대동무들 수고 많았습니다
— 7중대, 훈련 성과를 축하합니다

군복차림엔 안어울리는
미더운 자식을 부르는
≪아버지≫의 목소리로
지휘관은 확성기너머
격려를 보내고

좋아라 손을 높이 들며
그 목소리에 호응하는
일만의 청년들에게
길 가는 꼬마가 보내는
또 하나의 목소리
— 아저씨드을 잘 가라요오

오고가는 시민들 얼굴마다에도
청년전위들과 똑 같은 웃음 어리고
믿음 어린 눈길과 환호를 보낸다

의문 많은 이국에서 온이가
행사장 아닌데서 가슴에 새기는
≪군민일치≫조선의 모습이였다

2

조국에서 보는 행사마다
규모의 크기와 일심의 동작에
진정으로 감탄하며 박수를 보낼 때에도
마음 한구석에 늘 있었던 생각
(얼마나 훈련을 거듭했으면…)
(정말 힘들겠는데 고생은 또한 얼마랴…)

9 · 9절 ≪환영군중≫련습을 끝내고
색종이꽃다발 비닐봉지에 싸서
아마도 집으로 가는

아줌마대집단
녀학생들처럼 조잘조잘
그칠새없이 말을 하여라

국경절을 빛내려
약간씩 그을은 얼굴들에
하늘색, 진달래색 치마저고리
더욱 어울리여라

하나같이 깔깔깔
웃으며 지나가는 치마바람은
내 속마음 들여다보고 비웃는듯
필요없는 생각 훌 날려버렸네

나무다리

침묵같은 토막토막
끄없이 이어주는 나무다리
지평선에 서있는
저 산까지, 산너머까지
보내준이는 그 얼마랴

사람들
걷지도 못하는
습지를 넘어서야
푸른 하늘 우러러
땀을 식히려니

사시장철 축축하고
진창물이 고인 곳
하여 수년이면 썩고
밟히워 닳아 갈리운다 해도
언제나 한몸 바치는구나

앞날로 가는이들에게
길을 놓아주는 네가 고마워
사방에 피여난 꽃은 아니보고
고개 숙여
너만 보며 걷는다

산

땅에 뿌리내려
흙을 털고 솟는
애숭이초목이 커서
산을 이룬다

해빛 우러러 제몸을 내밀어
비바람에 꺾이지 않으려
산이 될 힘 자래울 땐
지켜보며 기다려보자

그슴속 언덕을
깨달음으로 닦고 쌓아
광야를 움켜쥔
산같은 마음이 있어야

세월을 이겨
가지를 뻗쳐
철을 만나면
잎을 달고 꽃을 피우는
나무가 무성해지리니

푸르러
산을 이루자

늦동백

손바닥만한 안뜰도 땅이라고
고맙게도 늦동백나무 자랐건만

뿌리 내린 처지를
알고선지 모르고선지
가지 뻗치기를 꺼려하며
제몸을 움츠리고 꽃을 피우는듯

그런데 어떠랴
빼곡히 선 집집들 사이로
머리를 쳐들려는,
하늘에서 내려다보면
티끌같은
이 키작은 한그루 나무에

보아라,
동박새가 날아들었다오
진분홍빛 꽃잎을 찾아다닌다오

주어진 자리에서
차례진 일을
묵묵히

정성껏
꽃을 피우는 마음으로
하면 된다고

한겨울의 늦동백나무는
가르쳐주고있어라

글을 씌우려니

학생들에게 글을 씌우려니
이 교원의 마음속에는
≪대견한≫ 너희들앞에
타협하고싶은 생각
자꾸만 머리를 쳐드는구나

이 나라엔
부는 바람 가지가지여서
피할래야 피할수 없는
유혹의 바람
철들기도 전에 온 몸에
맞았고

대학에는
≪화려한≫ 학문들 또한 많은데
자기 나라 말과 글을
똑똑히 알아야만
떳떳한 조선사람 될수 있다며
어문학과의 문을 두드린
너희들-재일동포 새 세대

먼저 떠오른 일본말을

우리 말로 옮겨가며
소설을 쓰고 시를 짓는 너희들이
이 정도면 잘한다고 여겨져
문학을 쓰는 법까지 대주지는 못하는 내게
꼭 하고싶은 말은 있거니

대대로 이어져 내려오는것이 아니라
제 손, 제 몸처럼 소중히 다루어
때로는 목숨과도 바꾸어 지켜온것이
우리의 말과 글이고 이름이며 노래라는것
그것은 이국을 살아가는
우리 민족의 존엄이고 슬기라는것을

이처럼, 우리처럼
고국을 떠나온이들의 4세가
오늘도 웃으며 조선말을 하고
글도 지을수 있는 의미에 대해서만은
말해두고싶구나,
못난 이 사람도

동향친구

막걸리를 마신다
도꾜의 한구석에 모여
경기도쌀로 빚은
≪부드럽고 깔끔한 전통주≫라는것을

소년과 청년을 한시에 벗어던질 때에
익힌 술은 싼토리-양주였고
생활의 갈피마다
먼저 들이키는건
오늘은 언제나 생맥주이긴해도

이런 자리에선
탁주라고도 부르는 이것이 제격인지라
우리 술이면 우리 음식, 우리 이야기

비록 ≪동향≫이라는 고장은
고베를 가리키고
≪친구≫라해도 동기는 아니고
부자지간 정도로 나이가 틀리는이까지 있고
부모를 두고 온
고향땅까지 제각기 다른이들

이국땅에서
민족을 안고 살기를 가르텨준
조선고급학교 동창생
이것 하나면
자리를 같이할수 있는
구실이 넉넉한
우리는 동향친구

일세들곁에서 자라
그래도 고향의 냄새 맡으며
몸과 마음 키웠다고 자부하고
반가움과 그리움에
보다 스며드는 술은
막걸리여도

마음속 깊은 곳에
소중히 앉은 고향은
우리 조선학교가 맞구나

엄지물오리

장마철이라는데
비는 안 오고
습기찬 바람도
불다가도 낮잠을 자는
콩크리트 안마당의
네모단 못에

해를 가릴 수단이 없어
목을 꺾고
때로는 접으며
하늘과 싸우는
한달이 되도록 알을 품는
엄지물오리

까만 새 울어대며 노려봐도
꿈쩍을 않고
대학구경 나온 꼬마들
손짓하며 떠들어도
태연하게 앉아있는
기특한 네 마음
내게는 가엾기도 하여라

360도 눈에 밟히는
이 세상의 모든것
제몸보다 소중히
고이 품은 구슬알
해치려는자로 비칠건데
새끼들 물우에
삐악삐악 동동동 뜰
그날만 믿고 버티는 너

그렇게
한목숨 내대고
미래를 품어키우는
네 마음에
나는 무얼가
우리는 무얼가

전정

푸르러 싱싱할 땐
반기는이 있고
물들어 색단장할 땐
감탄사까지 듣더니만

뻗치던 가지를 솎이워
앙상한 몸으로는
불어오는 하늬에
흔들릴줄도 모르던
도회지의 가로수

보기만해도 가엾고
보는이 마음을
추운 날에
더 서운하게 하더니만

해가 바뀌어
금빛 아침해살속에
다시 너를 보니
짧은 가지마다
골고루 해볕을 받으며
벌서 나타난 움돋이

전정은
늘 새로운 가지가 자라서
태양을 우러르라고
새싹을 위해
자리를 내여주는 일이여서

추위를 이기며
새봄을 키워가는 나무는
바쁘게 길을 가는
사람들 굽어보며
하고픈 말이라도 있는듯

땀과 밥

웃으며 비행장에서
마중을 했어도
처음 만나본이라
좀 어색했다
아마도 상대방은 더

다음 날
같이 뽈을 차고
땀을 흘리고
맑은 하늘아래
고기를 구웠다

마음만 앞서서
숨가쁘게 뽈을 쫓아도
마음은 마냥 즐겁고
피여오르는 연기에
눈물이 나는데도
웃음은 그칠줄 몰랐다

나도 그들고
운동장도 들판도
온 마음들이

또 다음 날
떠나는이들 비행장에서
바래다줄 때
가슴속을 텅 비워놓고
손을 잡았다

사람은 함께 땀 흘리고
밥 먹으면
다 알게 되는가보다
아무렴

※ 12/1 조선대학교 제1운동장에서는 남조선의 韓信대학교동문회축구팀과 조선대학교동창회 축구팀 사이에서 교류시합이 진행되었다.

오향숙
吳香淑

1946년생

일본 広島県에서 출생

시집 『매화꽃』(2002, 재일본조선문학예술가동맹)

논문 『강경애창작연구』(2006, 김일성종합대학출판사)

	작품명	출전
1	그날의 불길	〈종소리〉 16호(2003 가을)
2	소리	〈종소리〉 30호(2007 봄)
3	찰밥보따리	〈종소리〉 42호(2010 봄)
4	≪고맙긴!≫	〈종소리〉 43호(2010 여름)
5	풋고추	〈종소리〉 48호(2011 가을)
6	괴로워도 말고 울지도 마라	〈종소리〉 50호(2012 봄)
7	백매와 홍매	〈종소리〉 50호(2012 봄)
8	약메밀	〈종소리〉 51호(2012 여름)

그날의 불길

≪조선인이 불을 질렀다≫
≪조선인이 폭동을 일으킨다≫

타번지는 불길처럼
류언비어가 치달은 그날

≪기미가요를 불러봐!≫
그 말끝에
그 죽창끝에
더운 피가 뿜어올랐다
일본도 칼끝에
빨간 비명이 터졌다

소름이 끼친 그날
공포로 치떤 그날
피의 그날부터 80년이 지났건만
6600여명 무주고혼이
아직두 눈 감지 못하고있다
지금도 애타게 호소한다

그날의 죽창이
총으로 변하고

그날의 일본도가
폭발물로 변하여
오늘도 ≪조선인사냥≫ 한창이 아니냐

치마저고리에 칼질을 하려
일본 거리거리
쌍불을 켠 놈들이
으르렁대고있지 않으냐

80년이 지났건만
그날의 불길은 계속 타번지고
결코 꺼지지 않고있다

소리

소리
시끄러운 거리의 잡음을
시원히 헤가르며
대렬의 한복판을 달리는 소리

엄마 가는 시위투쟁
나도 꼭 가겠다며
책가방 든채 달려온
재옥이의 맑은 소리

엄마 손 꼭 잡고
따라서자고 앞서가자고
작은 주먹 쳐들어
목소리를 돋군다

88년전 3·1의 넋 불러오는가
투명한 네 목소리에
먹구름도 밀려간다
대렬의 가슴가슴에
파란 하늘이 열린다

찰밥보따리(시 묶음)

그리움

팥알에 밤알까지
골고루 섞어
택급편이 날라다준 찰밥보따리

어머니 계셨으면
꼭 이리하셨을거라며
외손자 본 나를 위해
출산한 내 딸 위해
우리 언니 보내준 찰밥모따리

그랬었다
생일때면
내가 출산한 그때도
미역국에 찰밥 지어
푸짐히 담아주신 우리 어머니

배우지 못했어도
우리 팔남매 생일
태여난 시간이며 날씨까지
다 기억하시여

어김없이 지어주시던 찰밥

부어주신 사랑
받아안은 은정
잊지 말라, 다정히 타일러준
고맙고 고마운 찰밥보따리
그리움에 젖어드는 찰밥보따리

미소

바람 불고 추운 날
차 몰고 찾아온 사람
여느때처럼 환한 미소
손에는 짐보따리 들고

찹쌀이 있어 지었다면서
출산한 내 딸 먹이라며
지짐이며 우엉볶음까지
찬합에 차곡차곡 담아
손수 갖다준 찰밥보따리

함께 일할 때는
살뜰한 친언니처럼
내 속마음 다 헤아려
아픈 가슴 쓰다듬어주고
뒤에서 밀어주던 고마운 사람
30년 지나도 변함없는 사람

남을 위해 바치는
사랑과 인정
가득 채워진 짐보따리
추운 겨울에
언 가슴 녹여준 찰밥보따리

바라는 마음

삼칠도 지나
우리 딸 돌아가는 날
찹쌀에 팥을 섞어
시루에 조심스레 안친다
언니, 친구 못지 않게
빛갈 고운 찰밥이 되길 바라며

임신고혈압을 이겨내고
무사히 옥동자 낳은 내 딸
잘해주지 못한 미안함에
없는 솜씨 다 써서
있는 정성 다 담아

구수한 냄새
주걱에 찰찰 감기는 찰밥
차곡차곡 찬합에 담는다
돌아가서 인차 먹을
고기 튀김, 나물반찬도 넣어

빨간 보자기에 싼다
귀퉁이를 볼끈 맨다

≪고맙긴!≫

하루에 한번
전화너머로 들려오는
≪할머니!≫
종다리같이 이쁜
세살짜리 외손녀의 목소리

어제는
유치반에서 갓 배운
≪색동저고리≫노래가 좋아
두번세번 거듭거듭
음반 돌려준 외손녀

오늘은
눈, 코, 입도 달린
내 얼굴
용케도 그려 보내줬구나

수화기를 들어
≪고맙다≫고 말하니
동무끼리 하는 말로
≪고맙긴!≫
깜찍하게 받아넘기는 외손녀

오, 그래 고마워
우리 말 배워준
우리 유치반이 좋구나
조선의 피줄
우리의 보배!

풋고추

더운 여름이면
우리 집 밥상에
없어서는 안되는 풋고추

된장에 찍어 먹어도 좋고
지짐을 부쳐 먹어도 좋고
찌개에 썩썩 썰어 넣어
훌훌 불며 먹는 맛이란 천하일미다

풋고추 먹을 때면
터밭에서 가꾼 풋고추 따다
어른 따라 찬물에 밥 말아
호호 하며 먹던
어릴적 생각이 난다

풋고추 먹을 때마다
약이 오른 풋고추는
된장에 담가 먹고
발갛게 익은것은
물김치로 담가 먹던
어머님이 떠오른다

풋고추 먹을 때면
부모님 넘어오신 아리랑고개가
보지 못한 고향산천이
고향사람 얼굴들이
환히 안겨온다

우리 집 밥상에
풋고추가 떨어질사 하면
어쩐지 초조해지는 마음
고기며 생선찬이 다 있어도
풋고추가 없으면 서운한 이 느낌

매워도 매워도
또 먹고싶은 맛
그리움이 달려와
따갑도록 입 맞춰주는
내 조국의 맛

괴로워도 말고 울지도 마라

돌연히 사람은
잊을 때가 있다
오랜 친구의 이름을
살던 집주소를

그토록 사랑하던
안해의 얼굴을
손자의 이름을
그리고 제가 누군지도

그렇다고
놀라워도 말고
괴로워도 마라

세상에 태여났을 때
사람은 누구나 다
말도 못하고
엄마얼굴도 몰랐다

말을 익히면서
얼굴을 익히고
얼굴을 익히면서

우리 정 나누었다

그 정 다 잊었냐고
서러워도 말고
울지도 마라

우리 얼굴, 우리 이름
잊어가는것은
나눠가진 깊은 정
서서히 덜어주려는게다
남은 우리 가슴이 터지지 않게
목이 메이지 않게

백매와 홍매

길섶에 가지런히
눈속에 피여난 꽃
곱기도 하여라
백매와 홍매

하이얀 꽃잎은
눈갈기 헤치며 달려온
의젓한 너의 모습인듯

진홍빛 꽃잎은
진눈까비 맞아도 끄떡없는
나의 모습이런가

짙은 그 향기를
서로 주고받으며
추운 겨울을
함께 이겨온 꽃

보기도 좋아라
크지도작지도 않게
높지도낮지도 않게
가지런히 피여난 꽃

백매는 홍매 있어
더 의젓하고
홍매는 백매 있어
더욱 빛을 뿌리누나

약메밀

흰 총포우에 수상꽃 달고
억세게 뻗어난 약메밀

아픈 부스럼우에
네 잎 불로 익혀 붙이기만 하면
더러운 고름이 씻겨나가던
잊지 못할 어릴적 추억

그때 처음 알았지
나쁜 독 다 빨아주는 네가
약메밀,
≪하늘이 주는 선물≫이라고

어떤 사람은
독한 내 나는 잡초라 싫어하지만
뽑아도 뽑아도 살아난다고
제초약 뿌려 없애려지만

보시라,
양지음지 가리잖고
깊숙이 뿌리 박아
땅을 그러안고 사는 약메밀

그전날엔
나리 지킨 투사들의 신약으로
오늘은
무서운 살초제의 위협속에서도
하늘이 준 자기 뿌리
꿋꿋이 지켜가는 약메밀을

※ 약메밀: 어성초(どくだみ)

허옥녀
許玉汝

1948년생

일본 青森県(아오모리현)에서 출생

시집 『산진달래』(1988, 문예동 오사까지부)

3인시집 『봄향기』(1998, 평양: 문학예술종합출판사)

시집 『출발의 날에』(2006, 문예동 오사까지부)

	작품명	출전
1	평양 상봉	『겨레문학』 3호(2000 겨울)
2	고향-제주도를 찾아서	〈종소리〉 50호(2012 봄)
3	우리 학교의 아침	〈종소리〉 54호(2013 봄)
4	한가위날에	〈종소리〉 56호(2013 가을)
5	1394일	〈종소리〉 58호(2014 봄)

평양 상봉

그 순간
두손 맞잡은 순간
내 가슴의 얼음덩이는
뜨거운 이슬되여 흘러내렸다

평양의 하늘아래 펼쳐진
사랑의 화폭이여
꿈만 같은 상봉의 순간에
자꾸만 떠오르는 그리운 얼굴들이여

넋이라도 고향에 묻어달라 당부하며
두눈 못감은채 숨지신 부모님도
이젠 시름놓고 고이 잠 드실가

이날 위해 낮과 밤이 따로 없었던
분회장도 분국장도 울며 웃는다
몇십번 잔 찧으며 손잡고 춤춘다

분렬보다 만남이 더 뜨거움을
내 가슴에 심어준 두 손길이여
믿음만이 우리 겨레 살리는 길임을
내 심장에 새겨준 두 손길이여

떨어져 살수 없는 우린 살붙이
한 피줄로 손 맞잡고 나갈 때
통일의 꽃대문은 열려지리니

맞잡은 두손은 우리 겨레의 마음
추켜든 두손은 우리 민족의 결심

조국이 하나된 그날
통일행 렬차의 첫차표를 내 끊으리
꿈에서만 가고 오던 남해바다가
부모님 고향땅 두손이 닳도록 쓰다듬으리

고향 - 제주도를 찾아서

1. 나의 고향집

비행기에 몸을 맡기면
두시간이면 가닿을 고향땅을
예순해를 넘겨서야
간신히 밟았구나

여기서 태여나신 할아버지와 아버지
큰오빠와 조카들이 나서자란 곳
대대로 지켜온 서귀포의
꿈결에도 찾던 나의 고향집

밀감밭에 둘러싸인 내 고향집엔
대문이 없었어라 쇠도 없었어라
그 언제건 돌아오라고
량팔 벌려 기다려준 정다운 집

앞마당에 들어서니
무르익은 밀감이 가지마다 주렁주렁
달콤새큼한 향기 풍기며
어서 오라 반기며 맞아주는듯

등뼈가 휘도록 일하여 번 돈으로
수십번을 보내신 모나무며 농기구들
부모님의 정성과 큰오빠의 피땀이
밀감풍년 이루어 우릴 맞아주는구나

한쪼각 입에 넣어 맛보았더니
삽시에 입안에 퍼지는 달달한 맛
난생처음 먹어본 고향집의 감귤맛에
코허리가 찡하여 목이 메였네

이 집에서 식구가 오순도순 모여 살
그날만을 꿈꾸다 운명하신 우리 아버지
반백년이 지나도록 풀수 없던 그 소원
어이하여 우린 갈라져 살아야만 했던가

터질듯한 아픔과 상봉의 기쁨으로
눈물 젖은 큰오빠의 손 덥석 잡으니
파아란 고향하늘이 푸근한 빛 뿌리며
내 가슴 후련히 녹여주는구나

2. 바다가 보이는 언덕에서

아버지, 옥녀가 왔어요 서른해만에
어머니, 저예요 알아보시겠나요?
못나 이 딸의 큰절을 받아주세요

불효자식이라 욕해주세요
못된 딸이라 꾸짖어주세요

그래도 이 딸은
부모님의 부끄럽지 않은 딸이고싶어
이를 악물고 오늘에야 왔습니다

아버지, 어머니
서귀포 앞바다가 보이네요
수평선 저멀리 고기배가 서서히 가네요

죽어서도 고향땅에 묻어달라 당부하신
부모님의 소원대로 여기에 모셨대요
바다가 보이는 풍치좋은 공동묘지에

생전에 그토록 큰오빠를 찾으시더니

돌아간 후에야 큰오빠를 독점하셨네요
꼭꼭 벌초도 하고 잔도 올린다지요

저는요 어느새 손자가 다섯이예요
정년의 그날까지 열심히 일했어요
부모님앞에 가슴펴고 서고싶어

남들이 부모님의 묘지 찾을 때면
내 신세가 왜 이 꼴이냐고
한탄도 하고 남들 부러워만 했어요

하지만 이젠 마음이 푹 놓입니다
이야기로만 듣던 그리운 고장에서
고향바다 바라보니 속이 시원하네요

아버지, 어머니 저희 걱정은 마세요
이제는 하나로 이어진 우리 식구
만시름 놓으시고 편히 잠드십시오

3. 개민들레꽃

어머님 산소를 벌초하더니
봉분우에 애기꽃 피여있었네
새노랗고 이여쁜 서너치 잡초

꽃이름이 뭐냐고 물어봤더니
마을사람 다정하게 말해주었지
외국에서 들어온 개민들레꽃이래요

바람타고 날아왔나
구름타고 날아왔나
너무너무 이뻐서 뚫어지게 봤지요

내 고향 제주도 어딜 보나 절경인데
엄마의 봉분이 그리 좋아 여기 왔나
개민들레 개민들레 고마운 꽃이여

동백이며 코스모스 피는 꽃도 많지만
우리 엄마 섭섭찮게 함께 해준 개민들레
조심조심 따고서 책갈피에 끼웠네

내 비록 또다시 이 땅을 떠나지만
개민들레 너와 함께 고향땅 안고 가리
그리울 땐 널 보며 엄마모습 생각하리

4. 헐어진 남비 하나

고향집 여기저기 들여다보다
널찍한 부엌에도 들어갔더니
가스콘로우에 남비 하나 놓여있었네
몇십년을 쓰고쓴 남비일가

이제는 다 헐어진 남비 하나
뚜껑을 살짝 열어보았더니
먹다남은 된장국이 들어있었지

이 남비로 할머니가 국을 끓이셨고
식구 위해 큰올케는 거친 손으로
몇십년을 국 끓이고 반찬 장만했겠지

큰딸은 미국에서 교수가 되고
아들은 서울에서 교편을 잡고

기자된 막내는 부산으로 갔으니
하나 가고 둘 가고 올케마저 영영 떠나

홀로 된 큰오빠는 이 부엌에서
아침저녁 어떤 심정으로
이 남비와 함께 날과 달을 보내였을가

넓은 부엌의 가스콘로우에
쓸쓸하게 놓인 헐어진 남비 하나
먹다 남은 된장국이 들어있었네

5. 겨울을 이겨내면

고향집 옥상에 올라
사방을 둘러다보니
오붓한 마을이 한눈에 안겨오네

천천히 흐르는 고요한 고향시간
어린애마냥 큰오빠의 팔에 매달려
그저 앉아있기만 해도 기쁘기만 하네

술 좋아하는것도 큰소리 좋아하는것도
머리숱 적은것마저 아버지를 하도 닮아
은근히 생각했네 피줄은 속일수 없다고

이 이야기 저 이야기에 꽃이 피니
몇십년의 공백이 사시에 매워지는데
큰 항아리 가리키며 돌연히 나는 말

오빠가 일곱살적 할머니와 둘이 살 때
내가 태여난 바로 그 해의 ≪4.3사건≫
토벌대놈들 우리 집에도 쳐들어왔다는데

위기일발의 순간 큰 항아리로 푹 덮어
오빠를 숨겨 살리신 기지에 찬 할머님
그 이야기 처음 들으니 가슴이 섬찍했네

할머니가 아니였으면 이 세상에 없다고
호탕하게 웃는 오빠가 더 가엾어서
그만 눈물 떨구고만 이 못난 동생

얼마나 겁이 났을가 얼마나 두려웠을가
일곱살 어린 나이에 피바다를 보았다니

오빠가 걸어 파란만장의 인생의 1페지

이제 떠나면 또 언제 만나게 될지
밥은 어떻게 해먹고 빨래는 언제 하려나
점점 추워질텐데 온돌은 누가 피우나

이 걱정 저 걱정에 가슴 쓰린데
태연한 큰오빠는 오히려 날 웃기려
우스개소리 찾으며 하고 또 하네

칼바람 부는 이 겨울을 이겨내면
우리 다시 꼭 만나게 돌거죠?
화창한 새봄을 함께 맞아야지요 오빠!

우리 학교의 아침

—혹가이도 학교를 찾아서—

아침 깨여나보니
윙윙 소리내며 휘몰아치는 눈보라
창문너머 펼쳐진 어마어마한 은세계
여기는 분명 혹가이도의 우리 학교

조용한 교사내를 돌아보는데
놀랍구나 키를 넘는 눈속에 뛰여들어가
위험도 무릅쓰고 일하는 선생님들
온몸이 삽이 되여 얼음눈을 파헤친다

계속된 폭설때문에 막혀버린 폐기구멍
뚫지 못하면 큰 사고 난다고
사정없이 뺨을 치는 눈바람 맞으면서
바위같이 딴딴한 눈덩이와 씨름한다

대견스런 마음 누를 길 없어
≪수고하십니다!≫ 인사했더니
쑥스러운듯 싱긋 웃으며
기운차게 손 놀리며 쉴줄 모르시네

제힘으로 지켜온 소중한 우리 학교
우리 학교에선 늘 보는 광경이라고

놀랄것 없다고 선생님들 웃으시지만
코허리가 찡하여 눈앞이 뽀애졌네

정녕 혹가이도 우리 학교의 아침은
언제나 이렇게 시작되는구나
그래서 언제나 봄날처럼 훈훈하구나

일본땅 북단에서 나는 보았네
학교 위해 학생 위해 한몸 바침을
흔한 일로 여기는 끌끌한 선생님들

가슴 뜨겁도록 보고 또 보았네
눈석이를 믿으며 앞서가는 선생님들을
열두달 몰아치는 모진 바람 이겨내며
오늘도 밝아오는 우리 학교의 아침을!

한가위날에

휘영청 밝은 달이
하늘중천에 뜬 한가위날

보름달이 가장 아름답다는
그 순간을 찍고싶어
찰칵 샤터를 눌렀더니

그리운 큰오빠 얼굴이 떠올라
쟁반같은 보름달이 이그러졌네

추석엔 반드시 다시 찾겠다고
약속한 날은 그 언제고
못난 동생은 올해도 이역에서
그 약속 어기며 하늘만 쳐다보네

서귀포 앞바다가 바라보이는 묘지
부모님산소 찾아 함께 향 피운 날
남매가 모이니 너무 좋다고
싱글벙글 웃기만 하던 우리 큰오빠

벌초는 끝났을가
과일이랑 송편도 장만했을가

올해도 혼자 술 한잔 하면서
한 하늘아래 보름달 보고있을가

두시간이면 가닿을 고향땅
아직은 달나라만큼 멀기도 하지만
휘영청 달 밝은 한가위날은
달빛속에 우리 오빠 만나는 날이라네

1394일

우리 학교 꽃대문에 들어선
그날로부터 오늘까지
하루도 빠짐없이
친구들과 맞고보낸 1394일!

동무가 보고싶어서
선생님이 보고싶어서
학교생활이 그리도 즐거워서
6년간 하루도 쉬지 않았단 말이냐

기특한 아이들아
너희들은 잊지 않으리라

자꾸만 열이 오르는데
기어이 학교에 가겠다고 떼를 쓰는
1학년짜리 등에 업고
학교까지 달려준 아빠의 고마움을

아무리 바쁜 일이 겹쳐도
매일 푸짐한 점심을 싸서
어서 학교를 다녀오라고
등을 밀어준 엄마의 따뜻함을

6년간개근, 6년간최우등!
졸업생들 전원이 받아안은 기쁨
그속에 내 손녀도 함께 있음이
너무너무 자랑스럽구나

너희들의 앞길이
비록 순탄하지 못하고
가슴에 서리 맺히는 날이
수없이 많다고 해도

반드시 이겨낼거야
가슴에 새겨운 1394일은
어떤 어려움도 박차고 나갈 장수힘
너희들에게 안겨주었거니

가슴펴고 출발하거라
훨훨 날아가거라 날개를 돋치고
2배 3배의 1394일을 향하여
높이 높이 날아가거라

리방세
李芳世

1949년생

일본 兵庫県에서 출생

동시집 『하얀 저고리』(1992, 재일본조선문학예술가동맹)

시집 『아이가 된 함메(こどもになっにハンメ)』(2001, 遊タィム出版)

	작품명	출전
1	봄비	〈종소리〉 46호(2011 봄)
2	파란 하늘	〈종소리〉 48호(2011 가을)
3	아이 참, 우스워	〈종소리〉 49호(2012 겨울)
4	안해여 오늘따라	〈종소리〉 50호(2012 봄)
5	민들레	〈종소리〉 50호(2012 봄)
6	락서	〈종소리〉 52호(2012 가을)
7	철교를 바라보며	〈종소리〉 53호(2013년 신년)
8	고문! 고문!	〈종소리〉 57호(2014년 신년)

봄비

비가 내립니다
고개를 드니
내 입술에 비방울이 뚝 멎었습니다
나를 만나러
나를 향하여
사무치는 그리움을 안고 내려온겁니다
봄비란 그런것이지요
사랑의 방울로
서러움을 가시고
슬픔을 씻어주고
희망을 싹트게 하지요
어서 눈을 뜨라고
잠든 땅에 입을 맞춥니다
비가 내립니다
봄비가 내립니다

파란 하늘

첨벙
파란 하늘 향하여
아이들이 힘차게 뛰여든다
깔깔 낄낄 왁자그르
자신의 공포와 불안에서 풀리여
온통 하늘색으로 물든다
수영장 수면에 비치는
파란 하늘이 요람인양 설레인다
— 괜찮아, 괜찮아
아이들을 포근히 껴안는다

아이 참, 우스워

점심시간
학생들이 식사를 한다
먹음직한 함바그
갓 튀긴 가라아게
뜨끈한 떡국
푸짐히 차려진 음식들

아이들이 맛있게 먹는지
입맛을 돋구었는지
궁금한 급식당번어머니
복도에서 살짝 들여다보네

— 앗 모두 인사해라!
기색을 알아차린 경호가 부르짖었다
밥알을 흩뜨리면서
홱 몸을 돌리면서
수저를 든채 야물거리면서
제각기 인사를 한다

같이 식사를 하던 선생님
경호의 갑작스러운 ≪호령≫에 흠칫 놀라
그만 어린이처럼 고개를 끄떡
아이 참, 우스워

안해여 오늘따라

뜻깊은 행사날을 맞을 때마다
떠오르는 한편의 시
≪안해여 오늘따라≫

… 오늘따라 남편이 먼저 기다리고
　오늘따라 저녁상을 차리고
　오늘따라 조국을 한층 몸 가까이하고 …

서명용지 들고
역두에서 이 사람 저 사람
찾아가 고개 숙이고

꾸준히 모은 맥주깡통
비닐봉투에 가득 채워
학교 위해 달리고

1세분들께 기쁨을 드리자고
푸짐히 차린 식사 들고
집집마다 다니고

피곤도 무릅쓰고
어려움도 맞받아

부지런히 나서는 안해여

≪안해여 오늘따라≫
과묵한 나도
한마디 하련다

안해여 오늘따라
네가 가장 빛난다고
네가 나의 자랑이라고

※ ≪안해여 오늘따라≫는 고 정화수 선생님의 시

민들레

하늘이 푸르면 푸를수록
하늘이 넓으면 넓을수록
하늘이 멀면 멀수록
날아갑니다 뛰여갑니다
당신께 드릴 편지를
가슴에 꾹 안고

락서

어릴 때
말 안 듣는다고
어머니는
-너는 내 아이가 아니다 하면서
회초리로 냅다 갈겼다
장딴지는 퉁퉁 부어
울고불고 용서를 빌었다
누나가 말리는 틈을 타서
바깥에 도망쳤다
그날 밤
왜 얻어맞아야 하는가
생각할수록 원통하고 분해서
방구석 기둥에 남모르게 락서를 했다
≪어머니 없어져!≫
며칠 지나
글발을 힐끔 들여다보면서
정말 그렇게 되면 어쩌나
불안과 슬픔과 뉘우침으로
글을 지우자고 문질렀다…
어머니가 돌아가시고 20여년
지금도 내 마음속에서
그때의 락서를 몇번이나 지우고있다
다시한번 어머니를 보고싶어서

철교를 바라보며

인생이란
산다는것이란
강가를 거닐면서
문득 생각에 잠긴다
지나온 나날 돌이켜보면서
기쁨도 있었거니와
서러움도 또한 많았어라
한걸음 앞으로 나서야 할텐데
이리저리 궁리만 하고
조바심도 나고…
저어기 철교를 바라보니
화물렬차가 지나간다
그 소리가
어쩐지 타일러주듯이
나에겐 들린다
- 더듬더듬 더듬더듬 더듬더듬

고문! 고문!

허리가 아프다
다리가 안움직인다
혈압이 높다
귀가 멀어졌다 하면서
지팽이 짚고 고문님이 나오셨다
온천에서의 ≪경로모임≫

기다리고 기다리던 카라오케에 들썩들썩
고문께 돌려진 마이크
부끄럽다면서
자신이 없다면서
-일본땅에 여기저기…
부르기 시작했네

부르면 부를수록 흥에 겨워
한사람 2곡이란 약속도 잊은듯
가사를 틀렸다고
또 한곡
18번 아직 안불렀다고
또 한곡
재청에 보답해서
또 한곡

저승에로의 차비를 서둘러야겠다는
입버릇도 온데간데 없구나

새 교사 건설에 함께 나선
박씨부인 얼굴도 보이고
1년내내 김치 담그어
학교에 보탬을 주는 김할머니도
박수치며 웃는 모습에
동포동네가 좋다고
청춘시절 되돌아온듯 하도 기뻐서
또 한국 부르자고 마이크를 다시 잡으니
아연실색 사회자가 막아나섰다

고문! 고문!

손지원
孫志遠

1951년생

일본 兵庫県에서 출생

시집 『학원의 노래』(1986, 조선대학교)

시집 『어머니 생각』(2003, 재일본조선문학예술가동맹)

논문 『조국을 노래한 재일조선시문학 연구』(1994, 김일성종합대학출판사)

저서 『許南麒物語』(1993, 朝鮮青年社)

	작품명	출전
1	일력	2011년 1월(미발표)
2	탐스레 피는 꽃	≪조선신보≫ 2011. 2. 18.
3	국밥	≪조선신보≫ 2011. 10. 03.[7]
4	개마무사	〈종소리〉 54호(2013 봄)
5	동창회 안내장	〈종소리〉 55호(2013 여름)
6	묻지 말어라	〈종소리〉 56호(2013 가을)
7	해후 상봉의 기쁨이	〈종소리〉 58호(2014 봄)

7) 〈일력〉, 〈탐스레 피는 꽃〉, 〈국밥〉 등은 조선대학교 서정인 선생님에게서 2013년 5월에 메일로 전달받은 작품이다.

일력

새해 첫 아침
'2011년'이 금빛으로 새겨진
일력의 표지를 정히 떼내니

두눈에 안겨오는
정월 초하루의 빨간 '한일'자
금시 한해걸음을 재촉하는듯

변이 난 지난해
내 할 일 다 했던가, 미뤄놓은 일은?

새해에 찾아갈 동포, 만날 사람도 많구나
풀어야 할 문제는 한두가지랴

에누리없이 해치워야 할 많은 일들
다 하지 못한 임무로 하여
학생들의 두눈에 민족의 정기 흐려진다면
청년들의 가슴마다 애국의 불씨 까물거린다면…

깊은 생각 뒤척일 때면
마음의 갈피마다 울려오는 목소리
-동포사랑으로 하루하루 보낼 때

근심은 일력의 부피처럼 작아지리
삶의 보람은 날을 따라 커가리

내, 삼백예순다섯날
아침이면 벽에 건 일력앞에 서리
량심을 들여다보는 거울 삼아

그리하여 온 하루 부끄럼없이 살리라
생에 추억될 빛나는 한해가 되게

2011년 1월작 (미발표)

탐스레 피는 꽃

—≪꽃송이≫ 현상모집(조선학교를 다니는 학생소년들의 우리 글 글짓기) 작품에 부치여—

봄이 저만큼 오고있다는
립춘을 맞을 때면
≪조선신보≫지면을 장식해줍니다

꽃샘 추위가
아직 남아있기는 하지만
봄소식을 먼저 알려줍니다

소박한 글줄마다
동포들의 화목한 생활이 담겨있어
짤막한 시줄에도
학생들의 커다란 꿈이 어려있어

읽으면 새 우는 화창한 봄날을 맞은듯
읊어보니 향기 그윽한 꽃밭을 걸어가듯
어느새 마음이 흐뭇해지는

이것이 아닌가요
선대들이 피 흘려 지켜온것이
아닌가요 대대로 가꿀 꽃이
아닌가요 그래서 이토록 탐스러운 꽃이

국밥

노란 국사발에
물물 김이 오르는 국밥
동포들이 보내준
지성어린 물자로 만든 국밥
윤이 나는 이밥은
효고동포들이 가져다준
그 쌀을 안친것이 아닙니까

히로시마의 상공인들이 들고온 소고기
청상회가 화물차로 실어온 감자와 홍당무
도꾜의 어머니들이 보내준
얼벌벌한 풋고추도 들어있구나

보기만 해도
군침이 스르르
구수한 향기
달고 맵고 뜨끈한 국밥
훌훌 불며 한술 뜨니
별맛이라오

녀성동맹위원장이 아침에 가져다준
빨간 배추김치 상우에 올랐으니

또 무슨 반찬이 필요하오
대지는 그 아무리 흔들렸어도
우리 조직이 있고
우리 조직이 있어
보란듯이 졸업식을 올릴수가 있었네

한그릇 국밥에는
도호꾸동포들의 앞날의 행복을 기원하는
간절한 마음과 마음도 담겼으니
세상 사람들
졸업연은 음식을 푸짐히 차린다 하지만
이런 때, 이런 날엔
뜨끈뜨끈 국밥이면 그만이그려

—2011.3.11. 일본동북지방을 휩쓴 대진재의 피해는
우리 동포들의 생활도 위협하였다.

개마무사

머리에 거무틱한 투구를 쓰고
금빛 패쪽을 꿰맨 갑옷을 입은 무사
서슬푸른 창을 한손에 들고
보란듯이 군마에 오른 고구려무사

그대, 어깨에 두른것은
조국수호의 투철한 사명
그대, 손에 쥔것은
원쑤 격멸의 억센 의지

그대는 이 시각, 보고있으리
우주를 정복한
조선의 막강한 힘에 겁을 집어먹고서
앙갚음인양 총련탄압에 미쳐날뛰는
일본총리 아베의 추악한 몰골을

이 시각, 그대는 듣고있으리
오만무례하게도, 제놈들이 저지른 죄를 두고
사죄와 보상은 커녕
앵무새처럼 불어대는 망발
-재입국 허용할수 없다, 없다
-조선학교 지원대상에서 배제한다, 배제한다…

무사여
애국의 한맘으로 천군만마 거느리고
외적들을 쳐물리친 개매무사여

이역에 칼바람 파몰아칠수록
내 신념의 갑옷을 든든히 입고
애국의 필봉을 으스러지게 쥐고 살리
고구려의 후예답게, 그 언제나
씩씩하게
  용감하게
    견결하게

※ 무적의 高句麗 騎馬軍団 鎧馬武士가 조선대학교 력사발물관에 전시되어 있다.

동창회 안내장

- 가을에 회포를 나누어보세
붓글로 정히 씌여진 안내장
펴 보니 떠오르는
그리운 얼굴들

후꾸시마 리동무는
진재피해 가셨을가?
첫 손자 보았다는 규슈의 정동무
국어강사 교또의 김동무도 잘 있겠지

무사시노의 하늘아래
푸른 꿈을 키우며
학창을 같이한 나의 친구들
무소식은 희소식이라 다들 별일 없겠지

수국화 필 때면
3년에 한번씩 보내오는 안내장
오곡이 무르익는 풍요한 계절에
우리 자랑 한껏 안고 모이자는 통지서

그리워, 정다워
과일이 주렁지는 가을날에 모일 때면

다들 한방에 퍼더버리고 앉아
장장추야 청춘시절의 이야기꽃을 피웠지
술도 정도 서로 나누며
의례히 교가도 함께 부르며

섬나라 하늘에 먹장구름 덮이여
마음은 마냥 울울답답하건만
동창회안내장은
온몸을 식혀주는 한방울 박하수

갈거야, 갈거야
친구들 만나러 내 꼭 갈거야
그날까지 석달이나 시일이 있건만
자꾸만 자꾸만 가슴에 일렁이는 그리움의 잔물결
아, 마음엔 벌써 단풍이 졌는가보다

묻지 말어라

9월 초하루,
이날이 무슨 날인가고
묻지 말어라

피로 얼룩진 9월의 그날,
섬나라 간또에서 있은
세계에 류례 없는 조선인대학살에 대하여
구태여 묻지 말어라

묻지 말어라, 이날을 맞으며
어찌하여 온 겨레가 몸부림치는가를
어찌하여 6,600 여명의 원혼을 달래며
진혼의 꽃묶음 안고 고개를 숙이고 수그리는가를
구태여 구태여 묻지 말어라

세월이 지나면
옛기억이란 희미해진다 하는데
아, 세기가 바뀌여도 커져만 가고
세월이 흐를수록 더 끓어오르는 원한이여! 분노여!

90년이 지났어도
귀축같은 살륙만행의 진상을 은폐한채

사죄는 커녕
오늘도 조선인차별에 미쳐날뛰거니
백년숙적이란 말을 알아서 무엇하리

력사앞에 저지른 만고대죄를
인류의 면전에서 낱낱이 밝힐 그때까지는
그리고, 과거를 말금히 청산할 그때가지는[8)]
천년이건 만년이건
피맺힌 그날을 잊지 말어라, 잊지 말어라

---

8) '그때까지는'의 오자로 보임.

해후 상봉의 기쁨이

—금강산호텔에서 93살의 아버지와 64살의 아들이 만났다—

천하명승 금강산에
장설은 쌓이고
이곳 도꾜에 폭설은 내리고
흩어진 가족상봉소식은 전해지는데
너무나도 기막힌 그 이야기…

전쟁의 불구름속 결혼후 4개월만에
남과 북에 헤여진 한쌍의 부부
남편은 그때,
안해가 아이를 밴줄 몰랐으니
60년간 북에 아들이 있는줄 어이 알았으랴

오매불망 안해를 만나고싶어
남편은 리산가족 신청을 하니
안해는 이미 세상을 떠나고
아들이 있었다는 꿈만 같은 희소식
눈 쌓인 금강산에서 이루어진 부자상봉

아들은 아버지께 어머니 이름을 아뢰이고
아버지는 어슴프레한 기억속에
아들의 굽은 등, 갸름한 얼굴을 들여다보며
≪나랑 닮았지!≫하고는 그만 오열할수밖에

한가정의 단란한 생활동
부부간의 사랑도 웃음도
아들의 효성마저
죄다 앗아간
아, 기나긴 분단의 이 현실…

창밖에 쌓인 눈은 어느덧 산산이 부스러져
가슴에 눈석임물 하염없이 흐르는데
나는 창을 열어 하늘에 물었노라
-해후 상봉의 기쁨이 폭설을 불렀더냐?
 겨레의 념원이 쏟아져 온통 백설인가?!-

남주현
南珠賢

1960년생

일본 東京都에서 출생

	작품명	출전
1	회장선생님	〈종소리〉 36호(2008 가을)
2	조국의 대기	〈종소리〉 41호(2010 신년)
3	불	〈종소리〉 42호(2010 봄)
4	어느 날 저녁	〈종소리〉 49호(2012 겨울)
5	난 다 알아	〈종소리〉 51호(2012 여름)
6	≪비상사태다!≫	〈종소리〉 54호(2013 봄)
7	≪빨강화요일≫	〈종소리〉 57호(2014 신년)

회장선생님

누가 제일 먼저 오나 내기하면서
아침 일찍 교문에 들어설 때도
아무도 없는 방학간 운동장에
혼자 뽈 차려 살짝이 와도

항상 계시는분
거기 계시는분
두팔을 벌려 ≪왔구나—!≫ 맞아주시는
우리 학교 교육회 회장선생님

≪병≫난 난로, ≪상처≫ 입은 교실
큰비에 생겨난 운동장 물구덩이까지도
단번에 고쳐버리는
회장선생님 별명은 ≪요술사≫

하지만 쉬— —
우리만이 아는 또 하나의 별명
우릴 보면 웃어만 주시는
그 눈매가 너무도 ≪초생달≫인걸요

잊은적 없어요
공부에 열중해도 뽈차기 신바람 나도

이 즐거운 시간들
회장선생님 두팔이 받들어주신다고

사시절 땀에 젖은
그 목수건 대신에
우린 드리고싶어요
감사의 메달을 주렁— 주렁—!

조국의 대기

들이쉬여도 들이쉬여도
더 깊이 들이쉬고싶은
푸르른 대기, 그대에게 한껏 취하여
눈을 감는다

페부에 스며드는
깨끗하고 청신한 맛
가슴과 정신까지 말끔히 씻어주는
맑고 시원한 내음—

눈귀는 물론
탁한 공기, 뿌연 대기에
코마저 막고 사는
괴로운 이국의 평상은
아니, 꿈처럼 사라질것 같구나

난 다 알아
땀이 났다고
몰래 나의 이마를 씻어준것

가는 려행길 더 좋으라
마당의 락엽 살짝 치워준것

상봉의 아침
흐느끼는 나의 어깨를
조용히 다독여준 버들가지도
다 그대 소행인줄

오냐 고맙구나
힘껏 보듬어주고싶다만
숨박꼭질하는 그대는
인사 한번 받아주지 않구나

그래서 더욱
깊은 숨을 쉬며
눈을 감으며
그대에게 고맙다 속삭이고

더 깊이 쉬며
두팔을 벌리며
그대를 한껏 안아보는 이 순간

좋구나,
오천년을 이어온

슬기론 조상들의 자욱이 어려있고
거세찬 숨결이 넘치는 대기

이 폐부가 터지도록
또 한번
또 한번 들이쉬여보자
아, 조국의 대기 조선의 대기여!

불

불이 뜨거운것은
그것이 ≪불≫인 까닭이기에
불이 붉은것도
그것이 ≪불≫인 까닭이기에

하지만 그 말은
어제까지만 통한 리치
오늘부터는 다르다
강선을 본 오늘부터는

우리 힘 우리 지혜로 가꾸어낸 쇠돌이
온 나라의 골격으로 변신을 한다
콤퓨터 화면의 클릭 한방으로
룡트림하여 굽이치는 쇠물을 보라!

조국의 오늘과 래일
그 모든 밑천을 책임진
강선의 로동계급
자력갱생의 심장

≪불가능≫을 ≪가능≫으로 바꿔낸
애국의 열, 기적의 빛갈로

끓는 쇠, 타는 로 하늘의 노을까지
한색으로 한색으로 물들이고있다!

그래서 뜨겁고 붉은것이다
그래서 불은
이렇게 뜨겁고 붉은것이다!

어느 날 저녁

생일을 맞는 엄마에게
무얼 선물할가
오누이는 학교에서 돌아오자바람으로
책가방도 팽개치고 의논이란다

방문 꼭 닫아놓고
소곤소곤하다가 저금통을 쩔릉
아니라는 뜻인지 눈섭이 팔자
작전회의 꽤나 복잡해

맛있는 밥상 차려주는 엄마
그 언제나 누구에게나 다심한 엄마
하지만 우리 학교 없애려는 나쁜놈들앞에서는
선두에서 주먹을 쥐는 용감한 우리 엄마

저녁 먹으라는 부름에도
오늘은 반응이 더디고
엄마에게 기쁨을 줄수 있는것
한가지 생각에만 골똘이더니

오누이는 무릎을 쳤다
참관수업 마치고 집으로 돌아오는 길

우리 말 잘하는 너희들이 기특하다며
그리도 좋아서 눈물짓던 엄마

이 교사, 이 운동장, 이 교실은 크지 못해도
민족의 넋 이어가는 너희들이 바로
세상에서 제일 큰 복속에 배우는줄
크며는 알거라고 중얼이던 엄마…

내가 먼저 인사하고 국어책을 읽을래
아니 아니 내가 먼저 엄마앞에서
새로 배운 군밤타령 멋지게 뽑을래
실갱이 벌어지는 즐거운 저녁

어느새 잠잠해진 베개맡에는
또박또박 써내린 프로그람이 한장
어린 ≪배우≫들은 꿈나라에서 벌써
엄마에게 기쁨 주며 웃고있구나!

난 다 알아

어제까지 억수로 퍼붓던 비가
어째서 멎었는지 난 다 알아
고향형제 만나는 우리 할머니
방해는 그만하려 그러는줄을

오래도록 못 폈던 할머니 무릎
어째서 펴였는지 난 다 알아
마음속에 기쁨이 가득차며는
그이상의 명약이 더 없는줄을

형제들 안아보는 할머니 볼에
어째서 눈물인지 난 다 알아
≪만남≫의 평생소원 푸신 행복이
눈물로 맺혀 넘치는줄을

어둡고 우울하던 장마의 하늘
어째서 개였는지 난 다 알아
별님된 할아버지 환히 보시게
구름장도 멀리멀리 사라진줄을

≪비상사태다!≫

≪딴 아이들에게는
다 주는거지만
조선학교 아이들에게만은
안 주겠다!≫
도꾜 마찌다시의 어떤자가 지껄였다

첫 등교길을 걷는
6살의 아이들이면 누구나 갖는
위험을 알리는 비상종-≪방범벨≫

유독 ≪조선학교 아이들에게만은
안 주겠다!≫고
≪교육≫을 담당한다는치들이
으르렁거렸다

부모형제를 보러 가는
왕래의 배길도 막아놓고
고등학교의 무상화제도에서
우리 조선학교만을 따돌려놓더니

이제는 하다못해
6살 우리 아이들의 연약한 가슴에까지

차별의 비수를 꽂고
우리 재일동포들의 마음 갈기갈기로 찢어놓고는
누구의 무슨 ≪감정≫타령을
늘어놓는것인가

참말 ≪교육적≫이기도 하다
나에게 ≪가르쳐≫주었거늘
조선아이들이야 어찌되였든
아예 상관은 없다는 본성

조선학교를 지워버리고
조선사람 없애버리고싶은
시커먼 정체를 숨겨보려고
비상종까지 빼어버리려는 더러운 만행을

똑똑히 보아라, 듣거라
비상종은 우리의 심장에서 터치고있다
민족차별과 멸시가 골수에 사무친
너희들을 징벌하면서

≪비상사태다!≫
용서치 않을 우리의 각오

굴함을 모르는 맹세를 새겨가며
비상종은
온 누리의 량심속에 진동하고 있다!

≪빨강화요일≫

토요일은 파랗고 일요일은 빨갛고
우리 집은 게다가 화요일도 빨간 표식
찾아오는 사람마다 부르는 이름
≪순이집 달력 빨강화요일≫

그러면 기다린듯 나는 나서서
깃든 사연 이야기를 시작하지요
우리의 아빠 엄마 모두 모여서
오사까부청 찾아가는 약속의 날이라고

친구들과 즐겁게 학교에서 공부할 때
아빠, 엄마는 부청앞 거리에서
목숨같은 우리 학교 조선학교 지키자고
목청이 터지게 웨치는 날이라고

지팽이 대신 확성기를 들고
할아버지, 할머니도 한자리 오셔서
배움의 권리 뺏지 말라! 무상화를 실현하라!
≪4.24≫그날처럼 싸우는 날이라고

우리 학교 없애려는 나쁜놈들 향해선
불끈 쥔 이 주먹에 더 힘 주는 날

길 가는 사람에겐 조선학교 와보세요
삐라는 건네주며 자랑하는 날

우리 학교 다니며 우리 얼을 지녀가며
아직은 어린 우리 어서 자라서
온 세상이 모두 사이좋게 함께 사는
밝은 미래 그려보는 희망의 날이라고—

고개를 끄덕이며 들어주는 사람 손에
의례히 수첩이 펼쳐지고는
화요일, 화요일마다 웃으며 빨간 표식
≪내 달력도 너랑 같은 빨강화요일!≫

김경숙
金敬淑

1972년생

일본 大阪府에서 출생

	작품명	출전
1	잘 왔어요!	〈종소리〉 38호(2009 봄)
2	보자기	〈종소리〉 40호(2009 가을)
3	파트타임 엄마의 독감타령	〈종소리〉 41호(2010 신년)
4	랭장고 고장난 날	〈종소리〉 43호(2010 여름)
5	유골 100년	〈종소리〉 45호(2011 신년호)
6	종소리 하나	〈종소리〉 46호(2011 봄)
7	몽땅연필	〈종소리〉 47호(2011 여름)
8	동무	〈종소리〉 48호(2011 가을)
9	꽃누름	〈종소리〉 50호(2012 봄)
10	저고리의 풍경	〈종소리〉 51호(2012 여름)
11	우린 미쳤나봐요	〈종소리〉 52호(2012 가을)
12	도시락 계란말이	〈종소리〉 58호(2014 봄)

잘 왔어요!

우리 학교 다니는 순실이가
동무들이랑 사회공부하러
일본 음료수제조공장
견학 갔다왔어요

페트병 모양 왜 그렇게 생겼나?
불량품 어떻게 가려내는지?
궁금한것
신기한것
쿠이즈놀이 하면서
친절한 언니가
가르쳐주었어요

저녁준비 등너머 재잘대는
숨가쁜 견학보고 마무리하면서
≪그래, 그리 좋았니?
쥬스 선물 받은거 제일 좋있겠구나≫

≪아뇨, 쥬스도 좋았지만
제일은요,
공장 입구 요—렇게 큰 간판에다
군마조선초중급학교 학생들

잘 왔어요!
큼직하게 써붙은 글이
너무 좋았어요!≫

보자기

버려두었던 작은 천쪼각들
정히 모아서
보자기 하나 지어봅니다

시집간 언니 저고리 짓다
남은 천쪼각
할머니 환갑때 지어드린 저고리
조카 돐저고리 색동무늬 천도모아서

우리 가족사 자투리가
한뜸
  한뜸
이쁜 모양 내며
이어집니다

해주에 계시는 고모님 보내주신
비단천쪼각
부산에서 돌아가신 이모님
입으셨다던 한복도 더해가면서

흩어진 가족들 이어주면서
다시 찾는 족보처럼

버리지 못할 혈육의 정
아끼는 마음으로
한뜸
  한뜸
누벼갑니다

파트타임 엄마의 독감타령

빼스전차 타 다니는
우리 학교 학생들에게 뻗친
독감바이러스의 마수
이 세상 조성금은 나눠지지 않아도
독감은 똑 같게 나눠지니
원망스럽기도 하여라

마스크, 양치, 손씻기
마늘, 파 팍팍 넣어 매운탕도 끓여
막으려고 안깐 힘 썼건만
어쩔수 없었구나
신형인플루엔자 판정 사정없이 내려
우리 아이들 학교를 쉬게 되였네

열이 올라 밥맛도 없이
맥없이 누운 너희를 두고
엄만 일하러 가야 한다
이런 일도 있을세라
일찌감치 예방주사 맞으신
너희 할아버지가 계셔 정말 고맙구나

월급쟁이 정직원이라면

상사 눈친 좀 채여도
간호휴가 받으면서 월급은 챙길걸
하지만 이 세상에 어느 회사가
아이 둔 조선엄마를
정직원으로 쉽게 받아주겠니
이렇게 나이 많으신 할아버지께
앓는 너희를 맡겨 돈 벌러 가는
엄마는 내가 악마같구나

그래, 엄만 다녀온다
바이러스 그놈때문에
껴안아주지도 못해 미치겠구나
엄마 없는 동안 푹 자서
재미나는 꿈이라도 꾸었으면 좋겠다
약도 꼬박꼬박 챙겨먹고 낫거든
마음껏 껴안고 뽀뽀도 하자

가만… 문자가 왔네?
됐네, 잘됐다
아빠가 아이스크림 잔뜩 사서
오늘은 일찍 들어오신대
자, 그럼 우리 조금만 참자
엄만 얼른 다녀올게!

랭장고 고장난 날

랭장고가 고장났다!
날마다 더워지는 이 초여름에
결혼생활 삼십년이면
전기제품들 고장날 때라더니만…

특매날마다 차곡차곡 챙겨
랭동실에서 제 순번 기다리던
고기며 생선들이 녹아난다…
안돼, 절대 안돼!
지지고 볶고 제사 전날밤처럼 북적거린다

참, 김치는 어떡하지?
수리하러 온다는 월요일까지 뒀다간
금방 쉬여버릴걸…

그래, 화를 복으로 돌려볼까?
≪랭장고 고장남! 김치 희망자 모집함!≫
보육원에서 알게 된
일본 친구들에게 메일 송신!
고급학교 무상화
서명용지 챙겨 출동!

다들 김치 고맙다고
쾌히 서명도 해주고
친정에서 보내왔다던 특산물도
가지가지 채워주네

일은 좋게만 또 굴러가
월요일에 온다던 수리업자아저씨
뜻밖에 틈이 생겼다고 찾아와
≪공짜요≫ 그 말에
저녁에 먹으려 남겨둔 김치 털어놓고
수리완료증명서에 싸인!
아저씨는 서명용지에 싸인!

아, 나도 제법이네?
잃은것보다 얻은게 더 많은
랭장고 고장난 날

유골 100년

≪한일합병≫ 100년째
매듭이요 미래지향이요 들려오건만
100년간에 잃어버린 조선사람의 유골들
찾을 맘 어디에도 없는 100년째다

려순감옥에서 희생된
렬사 안중근의 유해는
중국땅에 묻혀있다는데
731부대에서 나무토막처럼 짤린
손발 머리 따로 묻힌 유골들도 다
모른다 잊었다 시치미떼온 100년이다

간또대진재 몰살당한
6천의 유골 묻힌 도심지우에서
력사를 망각한 그 발로
짓밟고 살아온 100년이다

강제련행으로 끌려온 무주고혼들
산에도 들에도 묻혀있는데
저수지 콩크리트 벽속에도
≪히토바시라≫로 묻혀있는데
그 땅에 자란 쌀을

먹고 살아온 100년이다
거기서 떠온 물을
마시며 살아온 100년이다

징병으로 끌려가
총포에 쓰러진 조선청장년들
위안부로 끌려간 조선녀성들
동남아시아 여기저기 묻혀있는데
그 땅까지 비행기로 려행 가서
피로 물든 과일주를 들이킨 100년이다

알면서 그러는것도 무서운 일이지만
모르면서 사는 후대들의 삶 또한
끔찍한 세월이네

무덤 우에 살고싶지 않거든
사람이 사람답게 살고싶거든
그 유골들 성의껏 다 찾아내여
고향땅에 묻는것이다

그걸 이제 겨우 시작해야 할
조선과 일본의 100년 매듭이다

친선의 진혼가 부르며 나아가는
미래지향 100년의 출발점이다

—≪한일합병≫ 100년, 안중근렬사 순국 100년에 제하여—

종소리 하나

손전화종소리가 ≪땡≫
지진피해 크게 입은 동창생이
메일문자를 보내왔다

≪걱정해줘서 고맙구나
가슴 아프고 힘들더라… 하지만
난 살아있잖아
괜찮을거야
일본말도 못하시던 할배, 할매들
전쟁까지 치르고도
학교 짓고
우리 자리 지켜오셨어.
우린 그분들의 손자들이잖아…≫

피재지가 아닌 곳에서
불안과 걱정에 조인 가슴
살아있다면 제대로 고동치라고
종소리 하나 ≪땡≫ 울렸다

몽땅연필

열심히 공부하다 짧아진 연필

우리 학교 아이들이 흔히
꽁다리연필이라 불러온
≪몽당연필≫이랍니다

아끼는 마음의 쪼각들
아기자기 모아서
사각사각, 하나로 엮어주는
≪몽당연필≫이랍니다

어떤 사람들은 하찮다면서
자꾸 버리라고 우기는데

일본에서 소중히 품어온것
우리 학교라서 자래울수 있는것
모두 함께 지켜가자고
또박또박 마음에 새겨주는
≪몽당연필≫

그 이름은 처음부터
친근하게 다가와

마법처럼 부쩍 힘을
보태줄것 같아

우리 학교 아이들
가슴속 호주머니에
언제나 지니고다니는
≪몽당연필≫이랍니다

— 지진피해 입은 조선학교를 지원하자고 활동하는 남조선의 ≪몽당연필≫의 소식에 접하여

동무

소꿉동무 명호동무
친한 동무 윤희동무
동무 동무 내 동무

고향에서 자주 쓰는
≪친구≫하는 말도 좋지만

손 잡고 마음 합쳐
힘든 일도 함께 하고
일본땅 방방곡곡
우리 말을 이어온
우리 서로의 부름말
≪동무≫가 좋습니다

우리 학교 다닐 때부터
어른이 되여서도

함께라면 괜찮다고 원을 그리듯이
함께라서 든든하다고 손 잡아주는듯이
우린 서로를
≪동무≫라고 부릅니다

꽃누름

까먹은 단어 뜻 다시 찾으려
오랜만에 우리 말사전 번져가니
문득 멎은 폐지에
묵은 빛 연분홍 꽃송이 하나

그래 맞다, 학생시절
시험기간 교정에서 찾은 꽃
이쁘다고 여게다 꽃누름 해놨지

두툼한 사전속에 끼워
해빛도 땅도 물도 없이
우리 말이 양분이 되여
지금도 빛갈이 고운걸까

바라보니 점점 미안해지더라

까맣게 잊혀진 그 세월
꿋꿋이 빛갈 담아두었다
문득 찾은 나에게
이쁜 모습 보여주니

화사한 꽃들 찾아 떠돌아

제것 아닌 다른것에 눈멀번한
내 마음 너무 민망해

어쩐지 이젠
네 마음이 내 마음 같더라

몰라줬다 몰라줬다 겨우 알아서
지켜서 장하다, 곱다고 아끼며
웃어주는 얼굴들 이제야 만난

이 기쁨에
이 고마움에
우리의 소중한것
깊이 깨닫게 되더라

저고리의 풍경

입학식을 앞둔 밤
딸이 입는 학생저고리에
동정을 답니다

한뜸 한뜸 바늘을 옮겨가니
내 달이 중학생된 세월이
놀랍기도 합니다

학생시절 일요일 밤마다
조심조심 달았던 하얀 동정
구김없이 단정히 입는건
중고 녀학생들의 긍지였습니다

저고리를 입는건
가슴 설레이는 일

저고리를 입는건
마냥 기쁜 일

하지만
모진 바람때문에 우리 딸들
용감하게 입어야 할 저고리

소박하지만
간절한 소원입니다

아무런 용기도 각오도 없이
길가는 사람 인사 주고받으며
아침저녁 우리 아이들
일본땅 길거리에 어울려가는
훈훈한 저고리의 그런 풍경이

우린 미쳤나봐요

우리 학교 사람들은
고생을 사서 한다네요

비싼 운영비 힘들게 치르면서
부모들이 고생을 사서 한다고

인건비 밀려 아득바득 살면서
선생님들이 고생을 사서 한다고

온갖 차별에 가슴 다치면서도
우리 학생들이 고생을 사서 한다고

사람들이 미친 일이라 하겠지요
그럼요, 우린 미쳤나봐요

미쳐야만 우리가 우리일수 있는
이 세상 진짜 미친 세상이거든요

우린 미쳤나봐요
우리 사는 이 세상 미쳤나봐요

도시락 계란말이

하루 시작을 잘 떼려면
이쁘게 잘 만들어야 할
도시락 계란말이

지짐판 맞춤하게 덥혀주고
엄마된 자존심 걸고
계란말이 시작을 잘 떼며는

방심말고 돌돌돌
앞으로 앞으로 돌돌돌

차분히
소중히
주저함이 없이

간혹 도중에 구멍이 나도
마음먹고 쭉 밀고 나가는
계란말이는 엄마들 사는 방식

얼씨구, 할수 있다
절씨구, 잘한다
우리 학교 다니는 아이들의 증

밀어주는 사랑 돌돌돌

해빛방석같이 복스러운 계란말이
도시락 가운데 앉혀놓으니
아무거나 잘 되여갈것 같은
그런 예감으로 뿌듯한 아침

홍순련
洪順蓮

1946년생

일본 東京都에서 출생

시집 『비단주머니통장』(1992, 재일본조선문학예술가동맹)

재일녀류3인시집 『봄향기』(1998, 평양: 문학예술종합출판사)

	작품명	출전
1	고향 산소	〈종소리〉 30호(2007 봄)
2	희소식의 꽃놀이[9]	

9) 고 김학렬 선생님의 메일을 통해 전달받은 작품으로 원래 발표지는 확인되지 않았다.

고향 산소

1

처음 보는
고향 야트막한 산들
처음 보는
고즈넉한 좁은 마을길

고성도 깊숙한 산들
남양 홍씨 조상의 산소를 찾아
뛰는 내 마음
자꾸만 앞서 달려간다

제수 보따리 들고
허위허위 고개길을 오르니
수다한 흙무덤
원초 모습의 흙무덤
혼이 되여도 호형호제
오붓이 함께 자리잡았네

나는 그만 펑 눈물덩이
내자신의 뿌리우에 서서
내 온 가슴에 넘치는 눈물바다

2

참조기
문어
떡
나물들을 차려놓고
형제들과
조카와
그 새끼들과 함께
삼가 큰절 올리니
가슴이 뭉클
가슴이 터지는듯

할배 함매 얼굴은 몰라도
에도가와 내가에서
우리 함께 웃으며 나물을 캔듯
예나 제나 우리 쭉 함께 지내고있은듯

3

부산 작은아버님
기침 하나 하시고선
삼가 선조께 고합니더 하며
제문을 올리시네

— 여기
　조촐한 제물을 마련하였사오니
　부디 왕림하이소잉

　그래갖고
　얼굴 맞대갖고
　좋은 한때를 지냅시더이

　이 보이소이
　일본의 조카들이
　여긴 무덤무대기라
　분명히 비석을 골고루 세웠소이

　후날 지 자손들이 찾아와도
　어느기 뉘 무덤인지

금방 알아보라고요

그러시고는
소주는 내 팔자야 라며
훌쩍 소주를 음복하시는 작은아버님
기실은 뜨거운 눈물을 음복하신가보지

4

또 언제
이곳을 찾을런지
또 언제
씨족들의 흔적에 대할수 있을런지
솔곳이 더운 이 가슴에 담으련다
똑똑히 이 뇌리에 새기련다

평생 처음
고향바람에 쏘이며
평생 처음
고향 산야 푸나무들과
더운 눈인사 나누어본다

개나리 핀 시내가
우리 함매 방망이질하셨단
그쯤에 앉아
살래살래 손수건 적셔보니

강물은 졸졸졸 흐르며 말하네
또 다시 오시라
하나된 좋은 날 기약코서
꼭 다시 오시라

희소식의 꽃놀이

스낙크 점방을 마친
늦은 간밤에
벚꽃가지에 공화국기 달고
공원속 일등지에 미리 자리를 잡아놓은
전분회장과 함께 새 분회장 가운데 앉아서
지금 고이와분회 꽃놀이가 한창

북남최고위급회담이 열린다는
꽃소식, 희소식에 얼굴마다
웃음꽃도 만발

≪벚꽃만입니까
진짜 봄소식에 우리 가슴마다
진달래꽃, 무궁화꽃도 만발하고
희망의 꽃, 기쁨의 꽃이
막 만발하지 않습니까!≫

녀맹 분회장의 일장연설에
≪꽃교실≫, ≪에아로빅크스회≫ 젊은 녀성들도
꽃이 되여 봄바람 되여
춤판을 벌린다

≪이 축배잔을
오는 꽃날에는 서귀포 해변에서도
대구 달성공원 꽃밭에서도
쭉 들어야지요!≫

상공회 어르신 열변에
≪옳소!≫
상공회 젊은이들도 기세좋게 화답한다

끼리끼리 옆사람들과만 올리기엔 아쉬워
빙빙 돌고 돌아
온 분회사람마다 두루두루
얼시구나 좋아라 올린 잔과 잔

≪축배!≫
≪축배!≫

올봄 우리 학교에 빼스를 보낸
분회의 송이송이 꽃마음
통일의 봄날을 기어이 부르고야 말
꽃보라되여 봄바람되여

에도가와강변을 날으고 또 날은다

류계선
柳桂仙

1940년생

일본 東京都에서 출생

작품집 『나리꽃』(2012, 조선신보사)

	작품명	출전
1	력사의 고발자	≪조선신보≫, 2003. 5. 26.[10]
2	흰 치마저고리	〈종소리〉 16호(2003 가을)
3	미수[11]	

10) 서정인 선생님을 통해 추천, 전달받은 작품이다.

11) 이 작품은 고 김학렬 선생님께서 메일로 전달해 주신 작품으로, 원 발표지는 확인하지 못했다.

력사의 고발자

—류춘도녀사께—

생각한대로
그려본대로
아릿답고 어여쁜분이세요
얼굴도 마음씨도
소녀처럼 맑은 눈동자
슬기 도는 눈가에 미소 담으신
당신은 당신은 하얀 찔레꽃

넘고넘은 사선인들 그 얼마였나요
걷고걸은 가시덤불길 또 얼마였나요
어두운 감방 알몸으로
모진 고문 이겨내며
기적같이 용케도 살아오셨군요
-잊히지 않는 사람들-
고이고이 가슴에 간직해오신
당신은 당신은 력사의 고발자

해방의 기쁨
미처 노래하지 못한채
가렬한 전쟁의 불바다속에서
피로 물든 ≪남강!≫
피눈물 삼키며

어린 병사 사랑으로 구원하시고
숨진 전사 따사론 품에 껴안은
당신은 당신은 어진 친누이

당신의 고백은
원한 맺힌 민족의 웨침
류월의 포화속에 쓰러진 아들들이
류월의 통학길에 깔린 딸들이
오늘도 함께 울부짖는
엄마를 부르는 목소리
우리 가슴가슴에 파고들어요

당신은 말했었죠
-이젠 무서울것 없다-고
그래여 정말이예요
이제는 넘겨주자요
귀한 아이들에게
마음껏 뛰놀며 웃음꽃 피우는
내 나라 내 고향을

-잊히지 않는 사람들-
그 뜻을 이루자요

통일된 상산에
화원 만발하게

2003년 5월 26일
(『잊혀지지 않는 사람들』의 저자를 만났을 때)

흰 치마저고리

애들아 들어 보아라
잊지 못할 할머니이야기
언제나 흰 치마저고리에
비녀 꽂던 할머니

멀어져가는 고향산천 가슴에 안고
손저으며 손저으며
옷고름 적시며 떠나 온 할머니

낯선 타향의 거리거리에서도
벗지 않으신 흰 치마저고리
슬픔속에서도 멸시속에서도
름름하게 의젓하게 입으셨단다

청천벽력
하늘땅 뒤집히는 대진재
비명소리 아우성소리
순식간에 타 번진 불바다속에
눈앞에 벌어 진 생지옥

총창으로 죽창으로
무리로 덤벼든 살인만행

시체는 산더미로 되여
비녀도 고무신도
원한 품고 산산이 흩어 질 때

내리치는 일본칼에
피는 흩날려
흰 치마저고리
빨갛게 빨갛게 물들었단다

피투성이 흙투성이 되면서
구사일생 죽음 면한 할머니
생의 마지막까지도
흰 치마저고리 입으셨단다

해가 가고 달이 가
세월은 흘렀어도
이날이 오면 잊지 못하네
아, 피에 젖은 할머니의 치마저고리를

오늘도 나는 찾아 본다
그때의 그 원한
치마저고리 입고

우리 학교 다니는
너희들의 모습에서

미수

언제 봐도 환한 얼굴
젊은이와 함께 계시는
환갑은 먼 옛날에
칠갑도 팔갑도 맞으신
할머니는 88살 미수

고향땅을 떠나신지 어언 73해
걸어오신 기나긴 발자국엔
슬픔도 많이들 새겨졌으리
기쁨도 가득히 안아오셨으리
몸체는 작았어도
가슴펴고 위풍있게 걸어오셨으리
분회와 함께 동포들과 함께

꼭 다문 입술엔 신념이
맑은 눈동자
만면에 웃음 띠신 상냥한 얼굴
살결도 곱고 마음씨 고운
할머니는 우리의 거울

삼복더위 시위행진 대렬에
업고 다니던 아들딸들이

아버지로 어머니로 되여
분회장, 지부의 주인공들 되였으나
우리 동네 존경 받는 할머니

이제는 아무 시름도 없이
훨훨 갈매기처럼 너울거리며
선녀처럼 기공체조하시는
할머니는 소조원의 본보기

건강하세요 오래오래
할머니의 소원이 이루어질 그날까지
백수까지 아니 백살이 넘게요

정화수
鄭華水

1935년생

부산광역시 기장군에서 출생

시집 『영원한 사랑 조국의 품이여』(1980, 평양: 문예출판사)

	작품명	출전
1	소들이 가네	〈종소리〉 창간호(2000 신년)
2	악수	〈종소리〉 3호(2000 여름)
3	통지	종소리시인집(2004)
4	종소리	종소리시인집(2004)
5	기러기떼	종소리시인집(2004)
6	짐	종소리시인집(2004)
7	단감나무	종소리시인집(2004)
8	상추	종소리시인집(2004)
9	허리	〈종소리〉 21호(2005 신년)
10	해방동이 환갑맞이	〈종소리〉 22호(2005 봄)
11	고향방문시초	〈종소리〉 23호(2005 여름)
12	동네의 봄	〈종소리〉 26호(2006 봄)
13	조국의 한끝	〈종소리〉 28호(2006 가을)
14	교문앞에서	〈종소리〉 29호(2007 신년)
15	걸음	〈종소리〉 32호(2007 가을)
16	청자백자	〈종소리〉 33호(2008 신년)
17	≪겨레말큰사전≫	〈종소리〉 33호(2008 신년)
18	한물 간 축	〈종소리〉 34호(2008 봄)
19	치마저고리	『치마저고리』(2008)
20	쑥은 쑥국이요	『치마저고리』(2008)

소들이 가네

소들이 가네
남에서 모여든 5백마리가
분계선을 뚫고 북으로 가네

몸에 하환들을 두르고
트럭우에 버젓이 올라선 그 장관
무개차들 타고 가는
통일의 큰 사절단이네

북에 가면 북에서는
또 얼마나 반기며 귀여워하랴
사람들도 다 그렇게
떼를 지어 가고 오간다

가거들랑 부디
힘 장수들아
남북의 소들 힘을 합쳐
분계선 표말을 다 갈아제끼자

악수

온 겨레의 갈망속에
세계의 주시속에
청천의 평양 꽃물결속에
북과 남이 손을 잡는
세기의 큰 악수

3천만이 7천만 넘도록
반세기가 넘도록
서로 겨누고 겨루던 세월
이제야 끝장 내고
피줄도 강산도 다시 잇는
거룩한 악수

36년에 55년
숱한 피와 눈물 흘리며
많은것을 잃어온 우리 겨레
비로소 손을 잡는 이 장관

꿈인가 생시인가
허연 대낮에 꿈을 꾸는구나
바야흐로 저기
새 세기 문어귀에

통일의 서광 비껴오는 꿈

분렬의 아픔 하도 크기에
화해의 기쁨 이다지도 북받치는가
삼천리 한지맥 피가 돌아 동하고
겨레의 환성 하늘을 찌르는데
사무쳤던 만감이 눈물로 솟구치네

이제는
이제는 겨레 모두 손 잡고
함께 나가자
저 조국의 허리 자른 철조망을 걷어치우고
통일의 해돋이 맞으러 가자꾸나

통지

대한민국에서
나에게 보낸
통지가 왔다

일제와 싸우다가 희생되신
우리 할아버지의
유공자년금을 받게 된다고

그 뒤에 또
통지가 왔다
국적을 바꾸어야 받게 된다고

그 뒤에는
내가 보낸
통지가 갔다

그때의 할아버지들
대한독립 만세 불렀던가
조선독립 만세 불렀던가

그때부터 만세도
따로따로 불렀던가
이런 꼴 보자고

종소리

한번 치면
오래오래도록
멀리멀리에까지
은은히 울리는 종소리

캄캄한 밤일수록
한결더 절절히 고하는듯
가슴속에 스며드는
신기한 울림

그 어떤 이변도 알리고
시간과 새해도 알리는 종소리
인류가 처음으로 울린것은
수천년전 경종이였다
마귀를 쫓기 위한 경종

해가 가고 세월이 바뀌여
새세기 새 천년대를 맞는
송구영신(送舊迎新)의 분기점
여기서 인류는
그 어떤 종소리를 울려야 할것인가

문명과 야만이 교차한 20세기
지구촌 이웃들을 가장 괴롭히고
가장 귀중한 사람들을
가장 많이 살륙한 살인의 결절점
20세기를 보내면서

세상의 사악(邪惡)은 구세기에 실어보내고
억울하게 간이들에게
명복을 비는 종을 울리고 싶다
마음속에 남는이들에게
찬양의 종도 울리고 싶다

뭇귀신 외세들 죄다 내쫓고
북과 남 해외가 함께 눈 뜨는 종
화음을 이루며 얼싸안을
세기의 종소리 울리고 싶다

평등과 평화, 평안을 부르며
희망을 안겨주는
그런 종을
우리는 울리고 싶다

기러기떼

달 밝은 하늘가를
하나의 큰 날개모양으로
량켠으로 줄을 지어
멀리 날아가는 기러기떼

그 어떤 리상향을
함께 찾아가련만
길 없는 하늘을
그렇게도 드팀없이 가다니

한두마리로는 갈수 없는 길
한폭의 그림인양
서로 믿고 깃과 깃을 이어
바람을 차고 가는 철새의 떼

짐

나 이제부터는
죄다 버리고 가리라
군짐이 되는것은

비좁은 집안에
없어도 살수 있는
구지레한 가장집물

비좁은 머리속에
늘 맴도는 허튼꿈
흐리터분한 잡념

시나브로 불어나도
사람들의 기억에
남지 않을 글들

얼마나 나를
군걸음 걷게 했던가
거치장스런 짐들이

버리고 가야지
없으면 죽고 있어야 사는

진짜만 갖고

제발 한결같이 가야지
가뿐한 머리
홀가분한 몸으로

아직도 가야 할
우리의 길목까지
빨리 가닿을수 있게

단감나무

고향의 단감나무
씨 하나 받아
뜨락에 심었더니
내 키의 배는 넘을가

파란 잎 하얀 꽃 피고
조롱조롱 얼굴 내미는
애기감들 자라가면
사시장철 고향풍경

올해도 발갛게
주렁지겠지
지나가는 길손들의
눈길을 끌며

하나하나 정히 따서
차례상에 올리고
여기저기 나눌 때마다
고향길 더듬었건만

올해는 정초부터
감나무가 따진다

일본에서 자란 별맛은
언제 고향 갈거냐고

상추

등산모가 어울리고
민요 잘 부르는
어머니회 아주머니

자그마한 터밭에서
노래로 상추를 가꾸었는가
이리도 가득 보내주었네

올해도 잊지 않고
고향맛 실컷 보라고
이 집 저 집 나누었겠지

그래 이 어린것들도
악수하듯 쌈을 싸고
입 맞추듯 입 다시니

얼마나 바람직한 풍경인가
입맛도 대를 잇는 동포동네
우리 향기 마냥 풍기네

허리

허리를 다쳐보고
비로소 느끼는것은
아픔도 크지만
온 몸이 전혀
맥을 추지 못한다는것

그리고
다시금 느끼는것은
이제야 나도
남의 아픔을
잘 알게 되였다는것

그러면서 무엇보다
절실히 느끼는것은
사람도 이런데
하물며 강토가
허리 잘린채 60년이라는것

해방동이 환갑맞이

해방의 종소리 울릴 때
고고성 올린
해방동이 아들도 이제는
환갑맞이 한다는데

38선 넘어간 령감님은
이제 살아나 있는지요
분단세월 이리도 오래 될줄
그 누가 알았겠소

해방맞이 아들맞이
기쁨이 한목에 겹쳐
농악무판 뛰여들어
땀투성이 얼싸안고 춤추던 남편

꽃이 필 무렵이면
봄에는 오려나 싶었고
단풍 들 무렵이면
가을에 오려나 기다렸건만

까치는 울어도 오지는 않고
형사들만 드나들며

남편을 대라고 을러댔으니
감옥살이 다름없는 한생이군요

젊을 때는 얼마나
모진 고문, 모욕에 사달렸소
아들을 두고서는 차마
죽지도 못해 살아온 목숨

흰서리 이고서도
기다려는 봅시다
해방동이를 분단동이로 만든
세월은 참 독하기도 하지만요

고향방문시초[12)]

서울행

서울행 KAL기

스튜디어스들의
정겨운 말씨나
아릿다운 모습도
평양행 고려민항 다름 없건만

어쩌다 나는
오늘에야 비로소 타고가는가
이렇게 많은 외국인들도
마음대로 오고가는데

고향아
살길 배움길 잃고
5년만 공부하고 돌아오리라
하직하고 떠나온 고향

12) 고향방문시초란 큰 제목으로 12편의 시가 묶여 『종소리』 23호(2005년 여름)에 실려 있다. 이 중 네 편을 소개한다.

조국이 통일되면 곧 돌아갈거라고
≪정세는 계속 유리하다≫고
그러다가 어느덧
50년도 훨씬 넘어갔구나

얼굴이 선물이니
그저 오기만 하라면서
기다리던 어른들도
거의나 떠나시고 말았으니

무엇이 막아왔던가
이리도 오래동안 우리의 길을
인생도 길지 않고
고향도 멀지 않은데

고향아
용서해다오
이제사 빈손 들고 가지만
하고픈 말은 너무 많구나

우리 할아버지

간악했던 종주국
일본땅에서
처음으로 고향 찾아온
할아버지의 친손자

인사드리러 왔습니다
뵈온적 없어서
한결 더 그리웠던
할아버님께

고향 강변 넓은 장터에
차넘치는 군중을 모아
≪조선독립 만세≫
구호 높이 휘날리시며

한일구국혈전에로
목청껏 불러일으키신
20대 반일투사
우리 할아버지

모진 고문에도
굴함없이 이겨내시고
청춘을 민족 위해 바치시여
여기 국립묘지에
애국지사로 모셔진
할아버지와 할머니

엎드려 큰 절을 하니
비석앞에 우뚝 서신
할아버지
잘 왔구나, 너를 믿고 있었다
할머니도
이제야 옳은 세상 오는가보다

할아버지 할머니
안심하십시오
민족청사에 뿌리신 빛발
후손들의 앞길 밝혀주시니
애족애국 귀한 뜻
대를 이어 지켜가리라

고향

고향아
내 무엇때문에
이리도 애타게 너를 부르며
기어이 찾아 오는것일가

부모님도 안계시고
친척들도 뿔뿔이 흩어져 나가고
반겨줄 그림자 하나
보이지 않는데도

내 살던 집도 없고
정든 이웃도 없고
그 맑은 시내도
잡초만 스산하게 펼쳐져 서글픈데

지난날이 너무나
처절했던 고향아
해방이 되여도 해방전보다
매질소리 울음소리 더 넘쳐났으니

네 그리도 애처롭고
잊을수 없어
더욱 보고 싶었고
상처라도 쓰다듬고 싶었건만

고향도 이제는
고향을 떠나고 말았는가
나만이 마음속에 그려 온
한갖 그림으로 되고 말았는가

아, 고향도 역시
다같은 조국의 품
기다려다오
우리 더 큰 새로운 품을 찾을 때까지

해운대에서

올적에는 아직
해거름전이던데
어느새 둥근 달이 환히 떴구나

≪해운대 저녁달은
볼수록 유정해라≫던
노래 그대로 정말 좋구나

한잔 돌아 그런지
내 언젠가 꿈에 본
바로 그런 연회장일세
이것도 아리송한 꿈이 아닌지

아까 저 마당가로
우르르 마중들 나올 때는
세월이 참 무서운줄 알았네
누가 누구인지 전혀 몰랐으니까

방에 와서 함께 건배 들고나서야
코마루가 찡하니 달아오르고
눈뿌리가 찔린듯 해서
그만 안경을 벗었더구나

왼켠에 앉으신 고모님은
이렇게 만나니 얼마나 좋은가
내가 오래 산 보람있다 하시며

팔뚝까지 걷어올려 매만지시고

차례로 술을 권해대는데
아지매, 누이들은
쌈을 싸서 입에까지 갖다대고
동생, 조카들은 어깨를 주물러대고

60년 세월을 메꾸자는듯
물고가 터져 사품을 치니
이제야 고향에 안긴것 같아
부모님 생각 더욱 간절해지네

아, 고향이란
정든 사람들인가 봐

동네의 봄

정말인가
이른봄부터
우리 동네 한편이
크게 달라진다는 소식

무슨 바람 일었는가
강을 질러 둑을 쌓은채
60년을 불러도
화답 없던 곳에서

새 얼굴들이 자주
강둑을 살피기도 한다니
나루배를 띄우자는가
다리도 놓자는건가

강반에는 꽃도 심고
풍물놀이 연습도 한다니
북장구 꽹과리도 요란히
춤판도 벌리자는것일가

노예선 함께 타고
끌려온 한피줄

지지리도 오랜 세월
또 속고 헤여져 헤매고 있으니

이제는 정말이겠지
장한 사람들도 나섰다 하니
우리 사는 동네에도
진정한 봄을 맞자는것이겠지

얼마나 좋을가
오는 8월쯤이라도
푸른 기발 환성이
저 하늘중천을 가득 메웠으면

조국의 한끝

여기는
이국풍치가 없는 곳
우리 학교

몇대를 두고
얼마나 많은
민족의 넋 길러온 곳인가

저 운동장을 달리는
까까머리들의 발자욱도
할아버지들 대로부터

저 교실을 넘쳐나는
단발머리들의 노래소리도
할머니들 대로부터

대를 이어 60성상
온갖 정성 다하여 쌓아온
우리 민족교육의 전당

넝마주이, 품팔이로
겨우 세운 기둥들을

태풍속에 부여안고 밤도 새우며

경찰떼와 맞서서
피투성이 되면서도
기어이 지켜온 우리 학교

모진 이역바람속에서도
우리의 미래를 키워가는
여기는 바로 조국의 한끝이다

교문앞에서

새해 첫 등교날
제일 먼저 온
단발머리 신임교원
교문앞 거리를 쓸고 있는데

무엇을 노리는가
갑자기 까마귀떼
가로수를 날아돌며
스산하게 울어댄다

-설마 학교까지는
 덤벼들지 않겠지
언제나 웃음어린 고운 눈매가
머리우로 굳어진다

비질도 한결 힘주어진다
큼직한 쓰레기통에
땅바닥을 뒹구는
까마귀소리마저 쓸어 담자니

걸음

담도 울타리도 없고
철조망도 걷어치운
분계선 트인 길목

하늘도 가없이 맑고
초가을 풍취도 한창이다만
그 무슨 소풍이랴

겨레의 념원 담아
세계의 눈길 끌며
북으로 가는 대통령 일행

분계선은 걸어서 넘는다
걸음을 막아온 원한의 선은
걸음으로 치운다는듯

모두가 함께
마음대로 오가자고 이끄는
력사의 큰 걸음이다

청자 백자

아늑한 장속에서
은은한 빛 뿌리는
청초하고도 고상한
청자 백자들

비색 록색 흰색…
병 항아리 주전자…
꽃과 나비 구름과 학
산과 들의 서정미

모양도 문양도
볼수록 참신하고 우아해
절묘의 조화를 이룬
미의 극치, 황홀경

그저 숨을 삼키고
아-, 되뇌일뿐
천년 세월을 거슬러 올라
고려의 거리를 거니는건가

맑고 푸른 하늘과
아름다운 산과 들 비껴주고

조상들의 숨결 안겨주는
아, 귀중한 보물들

두 손 모아 받들고
볼도 비비고싶건만
반가움이 클수록
울분 또한 그지없네

장속의 문화재나
보러온 우리 역시
아직도 못돌아가는
끌려온 신세가 아닌가

≪겨레말큰사전≫

천, 지, 인의 모양을 따서
모음자를 만들고
발성의 움직임을 본따서
자음자를 만들었다는 우리 글

세종대왕의 이끄심 따라
천하에 으뜸가는 문자로
세계기록문화유산으로 남긴
민족의 자랑스러운 징표이건만

한때는 왜말에 밀리여
말살의 운명을 거치였고
이제는 표기도 울림도 달라지게
긴 분단의 아픔을 겪는 겨레말

남북의 글을 대할 때마다
가슴 저리는 아픔
언제나 가시여질가
오랜 세월 바라왔건만

이제야
하나되여 나온다는

≪겨레말큰사전≫

남 먼저 어서 품에 안고
펴고 펴고 또 펴면서
통일된 표기로 시도 쓰고
시집도 엮어보고싶구나

한물 간 축

세가 좀 헐하다고
비좁은 곳으로 옮기자 하니
골치거리가 가장집물

아침부터 마누라는
나를것 버릴것 가려놓지만
나는 아까와서
다시 챙기는 식

짐차가 와서도
실었다가 내렸다가
계속 옥신각신

끝내는 퍼붓는 소리
한물 간 시대의 쓰레기마저
다 가져가겠는가고

듣자하니
그럼 나도 이제는
한물 간 축이란 말인가

치마저고리

청자, 백자인가 일본 거리에
색갈도 연한 치마저고리들
비둘기처럼 나란히 속삭이며 다니네

서리 같은 칼날들이 노리건만
의젓한 그 모습
우리의 딸들이 틀림 없구나

집에서도 학교에서도 이제는
바꾸어 입으라고 말리는데도
갈기갈기 찢길지언정
민족의 넋 벗을수는 없다는게지

우리 학교 다니면서 움트고 자란
그 넋을 지켜온 귀염둥이들
날개처럼 입고 다닌 교복이 아니냐

다시는 되풀이할수 없다는게지
백옥 같은 치마저고리
먹물을 덮어쓰고
통바지에 몸이 메여 끌려온 수난
다치지도 말아다오

잊지도 말아다오
오늘의 괴한들이 누구의 후예들인가를
무엇때문에 칼부림하는가를
살벌을 능능히 헤치고 다니는
우리의 딸들아 기특도 하구나
나는 걸음 멈춰
뜨거운 눈길을 한참 보낸다

쑥은 쑥국이요

쑥은 쑥국이요
냉이는 냉이찌개

안해가 량팔을 걷고
솜씨를 부릴 때
나는 전화 걸며
이웃들을 부른다오

해마다 봄이 오면
강가에 가서
안해와 더불어 캐오는
고향 향기
맛보자고

야들야들 쑥들이
키 돋음하며 기다린다오
오복소복 냉이들이
무더기 지어 기다린다오

캐고 또 캐면
무거운 짐이지만
고향 산천 다

걸머지고 온다오

저녁무렵 한가득 둘러앉으면
맥주요 막걸리요
이야기도 푸짐해서
가슴속도 한가득

언제나 묻네
고향에서 이런 맛 볼 때는
그 언제인가

강명숙
康明淑

1954년생

군마 群馬県에서 출생

시집 『수국화』(1992, 재일본조선문학예술가동맹)

재일녀류 3인시집 『봄향기』(1998, 평양: 문학예술종합출판사)

	작품명	출전
1	이런 날을 꿈꾸며	〈종소리〉 3호(2000 여름)
2	설 아침 메시지	〈종소리〉 53호(2013 신년)

이런 날을 꿈꾸며

이런 날을 꿈구며
나의 아버지는
이역에서 태여난 갓난아기 이름을
고향마을 한글자 따서 달아주셨을가

이런 날을 꿈꾸며
나의 어머니는
돌맞이 딸애에게
알락달락 색동옷을 지어 입히셨을가

어런 날을 꿈꾸며
나의 초급학교 담임선생님은
뻐스 타고 멀리서 다니는 꼬맹이에게
가나다라 차분히 익혀주셨을가

이런 날을 꿈꾸며
나는 인생의 반을 넘는 세월을
때로는 종종걸음으로 때로는 서투른 걸음으로
하나의 길 걸어만 왔을가

기다리고 기다린 날
옥같이 귀한 날

력사를 움직이는 날
통일에로 곧바로 이어지는 날

아름찬 일들 태산같건만
오늘만은 혼이 나간 사람처럼
기쁨에 휩싸이고싶어라
그저 함뿍 잠기고싶어라

설 아침 메시지

올리가 없는데 찾습니다
설 아침 년하장 한 뭉치속에
선생님 성함을 찾습니다

해마다 보내주신 년하장엔
잘 있는냐 물어보시는 말씀도 없이
엽서 한가운데
느낌표까지 다 해서 겨우 다섯글자
≪좋은 시를!≫

고마웠습니다. 그러나
솔잎을 가로세로 꾸민것같은
눈에 익은 그 글자가
때로 이 마음을 찔러 아팠습니다

선생님 년하장 못받는
올해 설 아침에
여태껏 ≪좋은 시≫란 무언지
답을 못찾아서

비라도 오려나
눈이라도 오려나

맑게만 개인 하늘가를
자꾸 올려다봅니다

해 설

'재일조선인'이라는 슬픈 숙명과 "삶의 한 장소"로서의 시*

조은주(아주대 다산학부대학 교수)

1. 『2000년대 재일조선인 시선집』이 지닌 의미

'재일조선인'이라는 카테고리 안에는 슬픔과 분노의 감정, 비애와 고통의 감각이 교차한다. 일제의 식민 지배가 남긴 '억압'의 역사뿐만 아니라 해방 이후 민족 분단이 야기한 '갈등'의 역사, 재일 기간 겪어 온 숱한 '차별'의 역사가 관통하는 탓이다. '초센(조선)'이라는 민족차별적인 어휘 대신 '자이니치(재일)'라는 어휘가 사용되고 있지만 그럼에도 '재일조선인'은 "일본에 있는 일본인이 아닌 자"1)에 가깝다고 언급된다. 왜일까. 일본에서 여러 세대를 거쳐 어렵게 삶의 기반을 마련하고 묵묵히 살아가고 있지만 일본 국적이 없다는 이유만으로 '외국인'으로 취급당하며 각종 현실적 차별에 직면해 있는 사람들. 재일조선인은 임대주택 입주가 거부되거나 신용카드 발급이 거부되는 일이 비일비재하다고 한다. 의무 교육의 혜택에서 제외되고 국가공무원이나 경찰관, 공립학교 교사 등이 될 수 없고

---

* 이 글은 『어문연구』(2014. 12.)에 실린 논문을 고친 것이다.

1) 서경식, 형진의 옮김, 『역사의 증인 재일조선인』, 반비, 2012, 50쪽.

선거권이 부여되지 않는 외국인. '재일조선인'은 일본 사회의 주변부에 위치한 마이너리티다.[2]

2011년 3월 11월 일본 동북부 지방을 강타한 대규모 지진과 쓰나미로 인해 후쿠시마 현의 원자력발전소에서는 심각한 방사능 누출사고가 발생한다. 이 충격적인 사고 앞에서 재일조선인 2세대 서경식은 1923년 관동대지진을 떠올린다. 이는 '지진'이라는 공통분모에 의해 자연스럽게 연동된 기억의 결과이기도 할 것이다. 그러나 그 연상의 기저에는 재일조선인 6,000여 명이 무참히 학살된 역사적 사건이 다시금 무서운 현재로 도래할지도 모른다는 두려움이 낮게 깔려 있다. 지진의 직접적인 피해는 물론이거니와 재해에 동반되는 '데마고기(demagogy, 거짓소문)'의 폭력에 재일조선인이 노출되지나 않을까하는 두려움.[3] 실제로 각종 유언비어가 난무했고 인터넷상에서는 조선인의 폭동에 관한 언급도 있었다고 하니, 그의 이런 생각을 기우라고 치부할 수만도 없다. 바로 이 대목에서 서경식의 고백과 두려움은 더 서글픈 것이 된다. 현재 재일조선인이 처한 불안한 지위와 위축된 내면이 가감 없이 드러나기 때문이다.

재일조선인을 향한 차별적 정책과 이로 인해 불거진 제반 현실적 문제들을 끊임없이 지적하고 이에 맞서는 움직임은, 현재도, 미래에도, 중요하다고 본다. 그런데 무엇보다도 의미 있게 다가오는 것은 그들이 그러한 열악한 상황에서도 귀화나 귀국을 택하지 않고 '재일조선인'이라는 명명을 기꺼이 감내하고 있다는 점이다. '재일조선인'이라는 굴곡 많은 아이덴티티를 뿌리치지 않았을 뿐만 아니라 모국어인 '한글'을 지속적으로 연마하며 문학 텍스트를 창작하고 있다. 일본국민-되기를 거절하고 본국을 지향하는 재일조선인

2) 앞의 책, 21·182~184쪽.

3) 위의 책, 25쪽.

의 아이덴티티는 에스니시티(통일조선)를 지향하느냐 네이션(조선민주주의인민공화국, 대한민국)을 지향하느냐에 따라[4] 다른 범주로 묶일 수 있겠지만, 『2000년대 재일조선인 시선집』에 실린 시편은 그러한 준거를 넘어선 곳에 놓여 있다. 2000년 1월 총련의 '문예동' 소속 재일조선인 시인들이 창간한 『종소리』가 사상성과 예술성의 조화를 추구하는 획기적인 전환점이 되었다는 평가[5]와 같이 여기 실린 작품들은 정치와 이념을 넘어 디아스포라 체험과 '재일' 문제, 나아가 조국 상실의 자리를 대체할 새로운 '조국'의 의미를 자신들의 고유한 모국어로 옮겨 쓴, 소수집단 문학에 가깝다.

2. 낯선 이국땅, '나는 누구인가'

-'재일(在日)'의 지난함과 치열한 정체성 탐색

일제강점기 조선총독부에서 내건 '내선일체'는 조선인을 '일본인'으로 완전하게 동화시키기 위한 식민 지배의 이념이었다. 이 이념이 식민주의적 착취에 적극 활용된 것은 당연한 결과였다. 1938년 국가총동원법이 제정, 공포되면서 석탄, 광산, 토건 등의 사업주에 의해 강제적인 방법으로 일본에 끌려간 사람들은 1943년 말까지 40만 명에 달했다.[6] 그들은 강제 노역과 가혹한 폭행, 굶주림 속에서 '일본인'이 아닌 '노예'에 가까운 비참한 생활을 했다. 숫자는 기하급수적으로 증가하여 1945년 자발적으로 일본에 이주한 조선인과 강제 연행된 조선인을 합치면 약 230만 명 이상이 일본에 머물고

4) 서경식, 임성모·이규수 옮김, 『난민과 국민 사이』, 돌베개, 2006, 156쪽.

5) 하상일, 『재일 디아스포라 시문학의 역사적 이해』, 소명, 2011, 119쪽.

6) 정혜경, 「강제로 끌려간 조선인들」, 한일민족문제학회 엮음, 『재일조선인 그들은 누구인가』, 삼인, 2003, 105쪽.

있었다.[7] 해방 직후까지 재일조선인의 국적은 여전히 '일본'이었다. 그러나 1947년 '외국인 등록령'이 발표되자 조선인은 하루아침에 '외국인'이 된다. 재인조선인은 국적란에 국가명이 아닌, 민족 혹은 출신을 나타내는 기호인 '조선'을 기입해야 했다.

현재 재일조선인의 80%는 한국 국적을 취득했지만 그 외는 무국적 상태로 여전히 조국 통일에의 믿음을 이어가고 있다고 한다. 그들이 일본에서 살아가면서 부딪히는 어려움은 일차적으로 '일본'이라는 국민국가의 범주 안에 귀속되지 못했기 때문에 발생한다. 신분의 불안정성과 차별적, 억압적 정책들이 끊임없이 환기하는 '재일조선인'이라는 타자적 위치는 필연적으로 정체성에 대한 사유로 연결된다. 재일조선인이 쓴 시에서 '나는 누구인가'라는 물음, 즉 낯선 이국땅에서 성공적으로 정착하지 못한 주체의 정체성 탐색의 모티프는 가장 근원적인 시적 모티프 가운데 하나이다. "경제대국-일본"은 재일조선인이라는 '병자'에게는 '뒷골목'처럼 춥고 쓸쓸한 곳(정화흠, 「경제대국(2)」), 4만8천 엔을 꼬박꼬박 납세해도 차별을 받는 곳(김정수, 「세금 4만 8천엔」), 겉으로는 화려하지만 "따라 붙어오는 기묘한 움직이는 벽"들로 둘러싸인(홍윤표, 「벽이 있는 풍경」), "바람 어지러운 남의 나라"(김두권, 「클럽」)일 뿐이다.

세상이 넓다지만 / 나이 먹은 나에게는 / 발붙일 곳이 없네 // 북으로 가면 ≪귀포≫의 딱지 / 남으로 가면 ≪똥포≫란 부름/ 이래서야 내 땅인들 정이 가겠나 / 차마 왜땅귀신은 될 수 없고 // 어디로 가야 하나 // 정말 몰랐네 / 고향을 등진 죄가 / 이렇게 무거울줄은 (…하략…)

— 정화흠, 「어디로 가야 하나」 일부

7) 서경식, 형진의 옮김, 앞의 책, 87~89쪽.

힐끔힐끔 우릴 보던 맞은편 아이들이 / —아줌마들은 재일 한국사람이예요? / 갑작스레 묻는 말에 나는 / —우리는 조선사람이예요 / 그랬더니 의아한 웃음으로 돌아오는 말 / —그래요. 우리는 한국사람인데요 / …… // (…중략…) 고향이 같으면서도 / 우리는 조선사람… / 우리는 한국사람…

— 오홍심, 「그 한마디」 일부

정화흠(鄭和欽, 1923~)의 「어디로 가야 하나」에서는 일본에서 뿐만 아니라 북한 혹은 남한에서도 환대받지 못한다고 여기는, 시적 주체의 고뇌가 읽힌다. "북으로 가면 ≪귀포≫의 딱지 / 남으로 가면 ≪똥포≫란 부름"이라는 구절은 설사 고국으로 돌아가더라도 공통된 네이션의 정체성을 부여받지 못하리라는 비극적 전망을 담고 있다. 오홍심(吳紅心, 1941~)의 「그 한마디」는 우연히 만난 한국 학생들과의 일화를 들려준다. 전철에서 "아줌마들은 재일 한국사람이예요?"라는 갑작스러운 물음에 그는 생각할 겨를 없이 "우리는 조선사람이예요"라고 답한다. 일본에서 그들에게 부여된 정체성은 '재일조선인'이기 때문일 터. 그를 슬프게 하는 것은 "고향은 같으면서도" 각각 다른 명칭으로 불릴 수밖에 없는 현실이다. 이는 한편으론 민족 분단의 현실을 환기하지만 궁극적으로 '에스니시티'로서의 '조선'과 '네이션'으로서의 '한국'이, '재일'이라는 현실 앞에서 불협화음을 일으키는 장면이라고 할 수 있다.

첫 등교길을 걷는 / 6살의 아이들이면 누구나 갖는 / 위험을 알리는 비상종 —≪방범벨≫// 유독 ≪조선학교 아이들에게만은 / 안 주겠다!≫고 (…중략…) // 이제는 하다못해 / 6살 우리 아이들의 연약한 가슴에까지 / 차별의 비수를 꽂고 (…중략…) // 비상종은 / 온 누리의 량심속에 진동하고 있다!

— 남주현, 「≪비상사태다!≫」 일부

우리 학교 다니는 순실이가 / 동무들이랑 사회공부하러 / 일본 음료수제조 공장 / 견학 갔다왔어요 // (…중략…) ≪아뇨, 쥬스도 좋았지만 / 제일은요, / 공장 입구 요—렇게 큰 간판에다 / 군마조선초중급학교 학생들 /잘 왔어요! / 큼직하게 써붙은 글이 / 너무 좋았어요!≫

— 김경숙, 「잘 왔어요!」 일부

손바닥만한 안뜰도 땅이라고 / 고맙게도 늦동백나무 자랐건만 // 뿌리 내린 처지를 / 알고선지 모르고선지 / 가지 뻗치기를 꺼려하며 / 제몸을 움츠리고 꽃을 피우는 듯 // (…중략…) 주어진 자리에서 / 차례진 일을 / 묵묵히 / 정성껏 / 꽃을 피우는 마음으로 / 하면 된다고 // 한겨울의 늦동백나무는 / 가르쳐주고있어라 //

— 서정인, 「늦동백」 일부

재일조선인에게 '재일'의 의미는 간단하다. 차별과 배제. 재일조선인이 일상에서 접하는 외국인 신분에서 비롯된 차별적 대우는 '재일'과 '조선인'으로서의 정체성을 보다 직접적으로 추동한 것으로 보인다. 남주현(南珠賢, 1960~)의 「≪비상사태다!≫」에서는 고교무상 정책에서 조선학교만 배제되는 차별적 현실이 6살 조선인 아이에게 〈방범벨〉 마저 지급하지 않은 치졸한 교육 행정을 통해 드러난다. "차별의 비수"에 맞서 '비상종'을 울리겠다는 단호한 태도는 기실 그 밑바닥에 일본 사회에서 공평한 대우를 받으며 살고 싶은 욕망 역시 깔고 있다. 김경숙(金敬淑, 1972~)의 「잘 왔어요!」의 경우 일본 음료수제조공장에서 '군마조선초중급학교 학생들'이 감격해 한 것이 공짜 '쥬스'가 아닌, "잘 왔어요!"라고 써 붙인 환영의 인사였다는 점은, 아이의 말을 빌려 전하는 '재일조선인' 주체의 내밀한 욕망이 아닐까? 척박한 환경에서 애써 뿌리내리고 살고자 하는 의지를 '늦동백나무'에서 읽어 내는 서정인(徐正人, 1956~)의 시선은 바로 재일조선인 디아스포라 시인들의 자기 인식 같은 것이다.

3. 근원적 심상으로서의 '고향들'

-현실의 고향, 기억의 고향, 상상의 고향

디아스포라 문학에서 '고향'은 근원적인 심상으로 기능한다. 가족과 친지가 살고 있는 낯익은 고향을 떠나 이국에서 살아가는 디아스포라에게 '고향' 만큼 각별한 장소도 없을 것이다. 어린 유년시절 조선을 떠났거나 일본에서 태어났기에 조선을 기억하지 못하는 재일조선인 시인들일지라도 다르지 않다. 재일조선인에게 '고향'은 예외 없이 '조선'이다. 일반적으로 디아스포라는 고향에 돌아갈 수 없는 상태이기 때문에 그들에게 고향은 고국과 민족의 의미와 중첩되기도 하고 근대 국민국가를 뛰어넘는 장소로 작동되기도 한다.[8] 재일조선인 시인의 텍스트에서 '고향' 역시 다양한 층위로 재현된다. 유년기의 기억으로 혹은 가족에 대한 그리움으로 재현되는가 하면 실제로 고국을 방문하면서 느꼈던 벅찬 감흥이 '고향' 이미지를 통해 재현되어 나타난다. 고향은 "옛주인이 오기를 기다리고 있"는 벚나무(오홍심, 「고향집 벚나무」)의 공간, "빈손 들고 가지만 / 하고픈 말은 너무 많"은 긴 서사의 공간이다(정화수, 「서울행」).

처음 보는 / 고향 야트막한 산들 / 처음 보는 / 고즈넉한 좁은 마을길 // 고성도 깊숙한 산들 / 남양 홍씨 조상의 산소를 찾아 / 뛰는 내 마음 / 자꾸만 앞서 달려간다 // (…중략…) 나는 그만 펑 눈물덩이 / 내자신의 뿌리우에 서서 / 내 온 가슴에 넘치는 눈물바다 (…중략…)

— 홍순련, 「고향 산소」 일부

---

8) 김태준, 「고향, 근대의 심상공간」, 『한국문학연구』 31, 동국대 한국문학연구소, 2006, 11쪽.

비행기에 몸을 맡기면 / 두시간이면 가닿을 고향땅을 / 예순해를 넘겨서야 / 간신히 밟았구나 // (…중략…) 꿈결에도 찾던 나의 고향집 // 밀감밭에 둘러 싸인 내 고향집엔 / 대문이 없었어라 쇠도 없었어라 / 그 언제건 돌아오라고 / 량팔 벌려 기다려준 정다운 집 // (…중략…) 난생처음 먹어본 고향집의 감귤 맛에 / 코허리가 찡하여 목이 메였네

— 허옥녀, 「고향-제주도를 찾아서」 일부

홍순련(洪順蓮, 1946~)의 「고향 산소」와 허옥녀(許玉汝, 1948~)의 「고향-제주도를 찾아서」는 시인들이 직접 고국에 방문한 경험을 작품화한 것이다. 홍순련은 일본 東京都 태생이며 허옥녀는 일본 青森県 태생이기에 이들에게 고향은 상상을 통해 구축된 하나의 이미지에 가까웠을 것이다. 그 이미지가 실제의 감각으로 다가왔을 때, 예컨대 고향 산소에 방문해 난생 처음 남양 홍씨 조상의 산소를 찾아가서 낮은 흙무덤을 보는 순간, 밀감 밭에 둘러싸인 고향집에서 난생처음 감귤맛을 보는 순간, 그들은 참지 못하고 끝내 눈물을 터트리게 된다. 상상이 아닌 현실에서 비로소 대면한 오랜 그리움의 기원, 즉 자신의 '뿌리'였기 때문이다. 홍순련과 화자인 '나', 허옥녀와 화자인 '옥녀' 사이의 거리는 제로에 가깝다. 기행시의 형식으로 작성된 대부분의 재일조선인 작가의 작품은 시라기보다는 주체의 내밀한 고백서이다.

팥알에 밤알까지 / 골고루 섞어 / 택급편이 날라다준 찰밥보따리 / (…중략…) 그랬었다 / 생일때면 / 내가 출산한 그때도 / 미역국에 찰밥 지어 / 푸짐히 담아 주신 우리 어머니 // (…중략…) 부어주신 사랑 / 받아안은 은정 / 잊지 말라, 다정히 타일러준 / 고맙고 고마운 찰밥보따리 / 그리움에 젖어드는 찰밥보따리

— 오향숙, 「그리움」, 『찰밥보따리』 연작 일부

어릴 때 / 말 안 듣는다고 / 어머니는 / ―너는 내 아이가 아니다 하면서 / 회초리로 냅다 갈겼다 / (…중략…) 생각할수록 원통하고 분해서 / 방구석 기둥에 남모르게 락서를 했다 /≪어머니 없어져!≫/ (…중략…) 어머니가 돌아가시고 20여년 / 지금도 내 마음속에서 / 그때의 락서를 몇번이나 지우고있다 / 다시한번 어머니를 보고싶어서

― 리방세, 「락서」 일부

'어머니'는 '고향'의 감각이 고도로 응축되어 재현되는 대상이다. 오향숙(吳香淑, 1946~)의 『찰밥보따리』는 「그리움」, 「미소」, 「바라는 마음」이라는 세 편의 작품으로 묶인 일종의 연작시이다. 일본 広島県에서 태어난 시인에게 고향은 물리적 차원에서 감각되는 것이 아니다. 그에게 고향은 어머니에게 받은 사랑이자, 이국에서 만났지만 친언니처럼 살뜰히 챙겨 준 지인에게 느낀 변함없는 사랑, 또 출산한 딸에게 보낸 사랑과 정성 등이 버무려진, 팥알에 밤알까지 골고루 섞인 '찰밥보따리' 같은 것이다. 리방세(李芳世, 1949~)의 「락서」도 강렬한 그리움의 정조로 '어머니'를 부른다. 어릴 적 철모를 때 어머니를 향한 원망의 낙서 '어머니 없어져'는 어머니가 돌아가시고 20여 년이 지난 지금까지도 화자의 마음에 상흔처럼 남겨진 낙서이다. 이 낙서는 반복적으로 재생되었다 사라졌다를 반복하며 어머니를 향한 그리움의 기호가 된다.

몇번이나 될가 / 사람이 한생에 / 자기 주소를 바꾸게 됨은 // 바꾸어도 바꾸어도 / 외국살이 내 주소는 / 언제나 둘로 되는구나 // 둘중의 하나는 / 그 어데를 가도 / 바꿀수 없는 같은 한곳 / 마음이 살고 있는 번지다

― 홍윤표, 「주소」 일부

인도 출신의 영국 소설가인 살만 루시디는 디아스포라가 고향(고국)을 잃은 상실감을 보상받기 위해 그들의 고향을 상상에서나마 되찾고자 하는 충동을 갖는다고 말한다.[9] 홍윤표(洪允杓, 1932~)가 「주소」에서 말하고 있는 '주소', 즉 외국살이 중에 어디로 이주하더라도 "바꿀수 없는 같은 한곳", 자신의 "마음이 살고 있는 번지"야말로 그러한 충동이 구축해 낸 이미지가 아니겠는가. '고향'은 돌아갈 수 없다는 점에서 결여의 공간이지만 한결같이 시적 주체의 내면에 자리잡고 있는, 마음의 집이다. 그 어떤 화려한 수사를 거치지 않고 시인의 내면의 언어를 가까이서 들을 수 있는, 은유적 통로인 셈이다.

4. 임진왜란, 한일합병, 관동대진재 그리고 남북정상회담
- 폭력의 역사를 넘어 화해와 평화의 역사로

재일조선인은 말 그대로 '재일'의 상태이기에 일본과 얽혀 있는 고국의 여러 역사적 사건들에 노출되기 마련이다. 시시때때로 그 기억들은 텍스트를 통해 재현된다. 한국과 일본은 지리적으로 인접해 있기 때문에 고대시기부터 상당히 많은 역사적 만남을 이어 왔다. 그 만남은 평화적인 교류의 양상을 띠기도 했지만 대개는 폭력적인 방식으로 이루어졌다. 후자의 대표적 예로 조선시대의 임진왜란, 한일합병, 관동대진재 등을 들 수 있을 것이다. 일본에 의해 자행된 여러 폭력적 사건들과 그 기록을 대면한 순간, 재일조선인 시적 주체의 참담함은 이루 말할 수 없을 정도로 지독해진다.

---

9) Salman Rushidie, 'Imaginary homeland', Ashcroft, Bill, Griffiths, Careth, Tiffim, Helen(edt), *The Post-Colonial Studies Reader*(2nd edition), Routldege, 2006, pp. 428~434.

온몸의 피가 / 얼어든다 / ≪귀무덤≫(耳塚)을 앞에 두고 // 세상에 / 듣도 보도 못한 괴상한 이름 / 문화도시 교또에 자리잡은 / ≪귀무덤≫ // 임진왜란 때 / 조선에 침략한 왜군 / 조선사람의 코와 귀를 베여 / 히데요시 앞으로 보냈다고 / 전과의 증거물로 // (…중략…) 저들의 군공 / 후세에 남기려는 기념비란말인가 /≪귀무덤≫ // 가슴에 솟구치는 / 피는 말하네 / 피는 속일수 없다고

— 김두권, 「귀무덤」 일부

력사의 한을 싣고 / 지금 숙숙히 흐르는 강 / 아라까와 // (…중략…) 피의 흐느낌 실은 강의 / 9월의 증언을 듣는다 / 통곡의 고발을 듣는다 // 잔학의 극치를 이룬 / 9월의 저 배타정신은/ 도대체 말끔히 가시여졌는가 // 집요한 야수꾸니(靖国)정신 / 아우슈위쯔류의 저 대학살범죄는 / 도대체 력사앞에 청산되였는가 // 비분의 이 불마음 / 수면우에 타번진다 / 타번진다

— 김학렬, 「9월의 증언-간또(關東)대진재 80주년에 제하여」 일부

김두권(金斗權, 1925~)이 「귀무덤」에서 형상화한 '귀무덤(耳塚)'이란 일본 교토시 히가시야마구에 있는 역사적 장소이다. '귀무덤'은 임진왜란과 정유재란 때 왜군이 전리품으로 베어간 조선 군사와 백성의 코와 귀를 묻은 곳이다. 그 희생자가 12만 6천여 명에 이르기 때문에 원혼을 누르기 위해서 조성된 것이라고 한다. "아우슈빗즈를 무색케 하는" 귀무덤을 바라보며 "온몸의 피가 / 얼어든다"고 고백하는 시적 주체의 피는 온전히 조선인의 것이다. 그는 귀무덤이 다른 여느 도시가 아닌, "문화도시 교또"에 자리 잡고 있다는 사실을 통해 일본 근대 문명의 이면에 존재하는 야만성을 폭로한다.

김학렬(金學烈, 1935년생)의 「9월의 증언-간또(關東)대진재 80주년에 제하여」는 관동대지진 때 일어난 조선인 학살 사건을 재현하고 있다. 1923년 9월 1일 일본 간토, 시즈오카, 야마나시 지방에서 대지진이 발생하자 제2차 야마모토 내각은 혼란스러운 정국을 수습하

기 위해 조선인과 사회주의자가 폭동을 일으킨다는 소문을 의도적으로 퍼뜨렸고 6천여 명이 넘는 조선인을 무차별적으로 학살했다. 위 시를 움직이는 원동력은 "저 대학살범죄는 / 도대체 력사앞에 청산되였는가"라는 냉소적인 질문이다. 피비린내 가득한 상황에서 일본도를 맞고 손가락이 잘린 채 시체 더미 속에서 겨우 살아나온 화자는 말한다. "저렇게도 잔학무쌍한 / 대학살을 당하고서도 / 나라 없어 / 항의 하나 못해봤으니까말이요 / 정말이지 / 조국은 바로 생명이예요." 폭력적인 과거의 역사적 사건이 재현되는 순간, 시적 주체의 시선 앞에는 다시 숙명처럼 '조국'의 이미지가 놓인다.

"잊지 않으리라 / 여든해전, 간또대진재 터진 그때"(서정인의 「9월의 분노」), "왜놈들의 만행을", "잊지 말아라 가슴에 새겨두어라"(강명숙, 「잊지말아라」), "80년이 지났건만", "결코 꺼지지 않고있다"(오향숙, 「그날의 불길」) 등에서 확인할 수 있듯이 관동대진재는 기억되고 끊임없이 환기되는 '기억'이다. 무엇인가를 '기억'한다는 것은 과거가 그대로 재현되는 것이 아니라 과거에 의해 만들어진 여러 표상들을 통해 새롭게 구성되는 것이다.[10] 역사적 사건이 텍스트에서 회상될 때 그 사건은 단지 기억에 머물지 않고 현재 시점에서 새롭게 의미화 된다. 재일조선인의 작품에서 조국과 민족, 역사에 대한 인식이 더욱 치열할 수 있는 것은, 그들이 일본에서 마이너의 위치에 있기 때문이다. 역사적 사건의 재현에는 재일조선인의 현재가 틈입될 수밖에 없다. 그런데 관동대진재, 일제강점기 등을 언급하면서도 그 시선은 철저히 미래를 향하는 시들이 있다. 역사가 현재에 의해 재해석될 수 있다면 그 해석은 새로운 미래를 구축하는 데 활용될 가능성이 높다.

---

10) 김현진, 「기억의 허구성과 서사적 진실」, 최문규 외, 『기억와 망각』, 책세상, 2003, 216쪽.

낯선 타향의 거리거리에서도 / 벗지 않으신 흰 치마저고리 / 슬픔속에서도 멸시속에서도 / 름름하게 의젓하게 입으셨단다 // 청천벽력 / 하늘땅 뒤집히는 대진재 / 비명소리 아우성소리 / (…중략…) 내리치는 일본칼에 / 피는 흩날려 / 흰 치마저고리 / 빨갛게 빨갛게 물들었단다 // (…중략…) 오늘도 나는 찾아 본다 / 그때의 그 원한 / 치마저고리 입고 / 우리 학교 다니는 / 너희들의 모습에서

— 류계선, 「흰 치마저고리」 일부

하마트면 / 너희들과 만나지 못할번 했던 / 이 할아버지 // 일제때는 / 징병을 거절하여 도망치고 / 해방후는 / 4·3사건 죽을 고비 면한 / 이 할아버지 / 겨우야 너희들을 만나게 되었으니 // 그래 애들아 / 너희들의 탄생은 / 그토록 고비고비를 넘어서야 / 이어졌구나 // 새 세기에 태여나 / 생글생글 웃는 애들아 / 너희들은 이제 / 그런 고비가 없으리 / 암 없어야 하고말고 (…중략…)

— 오상홍, 「자장가」 일부

류계선(柳桂仙, 1940~)의 「흰 치마저고리」는 관동대진재를 작품의 주된 배경으로 활용하고 있지만 사건의 참혹함이 그 시선의 중심에 있지 않다. 이 작품의 중심은 '슬픔'과 '멸시' 속에서도 감추지 않고 당당하게 입고 계셨다는, 할머니의 '흰 치마저고리'이다. 관동대진재 때 일본 칼에 맞아 빨갛게 물들었던 치마는 역사의 상흔을 간직한 채 "우리 학교 다니는 / 너희들의 모습" 속에 이어져 내려오고 있다는 것. '원한'이 이어진다는 표현은 어떤 의미일까? 일제의 '살인만행'을 잊지 말아야 한다는 메시지일 수도 있지만 그러한 폭력적인 역사를 넘어서 당당히 유지해 온 '흰 치마저고리'의 역사를 계승하려는 시도가 아닐까. 오상홍(吳常弘, 1925~)의 「자장가」도 이와 같은 연장선상에서 이해된다. 손녀 쌍둥이를 안고 자장가를 불러주는 할아버지의 애틋한 심정은 일제강점기의 징병과 해방 후에 4·3

사건 등의 죽을 고비를 넘어 살아남은 자의 안도감에서 출발한다. 그 안도감은 "새 세기에 태어나 / 생글생글 웃는 애들"의 안녕에 대한 기원으로 이어진다.

이런 날을 꿈꾸며 / 나는 인생의 반을 넘는 세월을 / 때로는 종종걸음으로 때로는 서투른 걸음으로 / 하나의 길 걸어만 왔을가 // 기다리고 기다린 날 / 옥같이 귀한 날 / 력사를 움직이는 날 / 통일에로 곧바로 이어지는 날 // 아름찬 일들 태산같건만 / 오늘만은 혼이 나간 사람처럼 / 기쁨에 휩싸이고싶어라 / 그저 함뿍 잠기고싶어라

— 강명숙, 「이런 날을 꿈꾸며」 일부

강명숙(康明淑, 1954~)의 「이런 날을 꿈꾸며」는 재일조선인 작가들이 진정 원하는 세계가 무엇인지를 적확히 보여 준다. 이 시는 2000년 극적으로 이루어진 남북정상회담의 감격을 담고 있다. 자신의 이름에 고향마을을 한 글자 따서 달아 주신 아버지의 사랑, 돌맞이 딸에게 색동옷을 입히신 어머니의 사랑, 한글을 가르쳐 주신 초급학교 담임선생님의 사랑도 '이런 날'로 수렴된다. 사소한 사랑은 고귀한 사랑과 기다림의 자세로 변모된다. "버리지 못할 혈육의 정 / 아끼는 마음으로 / 한뜸 / 한뜸"(김경숙, 「보자기」) 누비는, "동강난 우리 강토 / 하나로 쌌으면"(오홍심, 「보자기」) 싶은 '보자기' 같은 포용과 화해의 삶, 미래의 삶. 현실의 제약과 억압적 정책에 맞서 싸우는 것, 폭력적 역사에 대한 비판적 재현도 물론 중요하다. 그러나 그런 것들이 모두 과거나 현재에 머물러야만 하는 것들이라면 민족의 평화통일과 민족의 범주를 넘어선 평화의 역사, 인류애를 아우르는 '정(情)'의 역사(오상홍, 「정」)는 반드시 실현해야 하는 미래의 것들이다.

5. 모국어와 시
-'글쓰기는 더 이상 조국을 갖지 못하는 자에게는 삶의 한 장소가 된다'11)

이번 시선집에 시를 올린 재일조선인은 해방 전 일본으로 이주한 1세대에서부터 해방 후 일본에서 태어난 2세대, 3세대까지 다양하다. 1세대를 제외하면 한글을 모국어로 사용한 기간이 전혀 없는 시인들도 많을 것이다. 때문에 재일조선인 시인들이 지금까지 지속적으로 한글로 시를 창작하고 있다는 사실은, 그 사실만으로도 문학사적 의미가 깊다. 재일조선인에게 한글은 모국어다. 모국어는 '정신', '문화', '역사'를 창조하는 힘일 뿐만 아니라 동일한 언어공동체를 역사적으로 결합시키는 힘이다.12) 이런 의미에서 모국어를 유지한다는 것은 언어적 차원을 넘어선 문화적, 정신적 차원의 계승이자 역사의식의 발로라고 할 만하다.

토배기말소리가 / 내 고향냄새 풍기는 정다운 사투리다 // ≪그러이께네 괘한타이까≫ / ≪저역밥은 뒤에 묵을 요랑하고 / 얼런 가바야지≫ / 그리움을 참다못해 말을 걸었다 // ≪고향이 어디십니꺼?≫ / ≪경상도입니더≫ / ≪아이구나, 고향사람이구만요≫ / ≪참 반갑습니더≫ // 잠시의 회화속에 / 마음은 반세기가 넘는 / 그날의 고향땅을 헤매여 / 내려야 할 역을 빠뜨려버렸다 (…중략…)

— 김윤호, 「전차간에서」 일부

귀퉁이는 닳았어도 / 민족의 얼이 빼곡한 / 우리 말 단어장 / 이역에 태여나갈 길 많아도 / 어머니말과 함께 살아가는 길 찾아준 / 고마운 배움터의 추억을 불러주는데 // 오늘 이 시각 / 우리 학교 운동장에 / 또다시 차별과 간섭의

---

11) 아도르노의 언급. 에드워드 W. 사이드, 전신욱·서봉섭 옮김, 『권력과 지성인』, 도서출판 窓, 2006, 107쪽.

12) 한국어내용학회 편, 『모국어와 에네르게이아』, 국학자료원, 1998, 304쪽.

칼바람 몰아치거니 // —요놈의 바람 용서치 마자 / 서랍에 잠자던 / 우리 말 단어들이 획획 일어나 // 나를 지켜보네

—김정수, 「우리 말 단어장」 일부

김윤호(金允浩, 1933~)의 「전차간에서」는 평소 붐비기로 소문난 JR 쥬오선 전찻간에서 우연히 동향 사람들 만난 체험을 기록한다. 경상도 사투리일 뿐이지만 "고향냄새 풍기는 정다운 사투리"는 화자에게 엄청난 그리움의 강도로 육박해 온다. "왜말이 아닌 우리 말"이었기 때문이다. 서둘러 집에 돌아가야 할 시간에 두 역을 되돌아 내렸지만 그의 마음은 이미 '고향땅'에 도착해 있다. 김정수(金正守, 1954~)의 「우리 말 단어장」은 서른 해 동안 빼곡히 채워 온 우리말 단어장을 형상화 한다. 그 단어장에는 나의 역사와 민족의 역사가 동시에 기록되어 있다. "어머니말과 함께 살아가는 길 찾아준"이라는 구절이 보여 주듯 모국어는 이국에서의 삶을 견디고 살아갈 수 있게 만든 힘이자 하나의 방향성이다. "차별과 간섭의 칼바람"에 대응할 수 있는 버팀목이기도 하다.

소박한 글줄마다 / 동포들의 화목한 생활이 담겨있어 / 짤막한 시줄에도 / 학생들의 커다란 꿈이 어려있어 // 읽으면 새 우는 화창한 봄날을 맞은듯 / 읊어보니 향기 그윽한 꽃밭을 걸어가듯 / 어느새 마음이 흐뭇해지는 // 이것이 아닌가요 / 선대들이 피 흘려 지켜온것이 / 아닌가요 대대로 가꿀 꽃이 / 아닌가요 그래서 이토록 탐스러운 꽃이 //

—손지원, 「탐스레 피는 꽃—≪꽃송이≫ 현상모집 (조선학교를 다니는 학생소년들의 우리 글 글짓기)작품에 부치여—」 일부

한때는 왜말에 밀리여 / 말살의 운명을 거치였고 / 이제는 표기도 울림도 달라지게 / 긴 분단의 아픔을 겪는 겨레말 // 남북의 글을 대할 때마다 / 가슴

저리는 아픔 / 언제나 가시여질가 / 오랜 세월 바라왔건만 // 이제야 / 하나되여 나온다는 / ≪겨레말큰사전≫ // 남 먼저 어서 품에 안고 / 펴고 펴고 또 펴면서 / 통일된 표기로 시도 쓰고 / 시집도 엮어보고싶구나 //

— 정화수, 「≪겨레말큰사전≫」 일부

손지원(孫志遠, 1951~)과 정화수(鄭華水, 1935~)의 시에서도 모국어는 재일조선인으로서의 정체성과 삶의 주요한 방향성으로 이해되고 있다. 손지원은 조선학교에 다니는 학생들이 '≪꽃송이≫ 현상모집'에 출품한 작품을 아름답고 "탐스러운 꽃"에 빗댄다. 그 안에 동포들의 생활과 학생들의 꿈, 선조들의 피가 모두 담겨 있기 때문이다. 정화수가 ≪겨레말큰사전≫ 편찬을 감격스럽게 노래하는 이유도 이와 다르지 않다. 한글은 "민족의 자랑스러운 징표"이건만 한일합병 시기 "말살의 운명"을 거쳤고 지금도 "분단의 아픔"을 겪고 있다. "통일된 표기"로 이루어진 ≪겨레말큰사전≫이야말로 그러한 역사를 넘어서는 하나의 발판으로 작동될 가능성을 지닌, 통일된 문자인 것이다. 통일된 표기로 시집을 엮고 싶다는 바램은 새로운 통일의 역사를 구축하려는 주체의 소망과도 연결된다.

모국어를 지켜 가는 재일조선인 시인들의 창작 활동과 모국어에 관한 특별한 감각은 새로운 국가 개념을 연상시킨다. 재일조선인에게 '조국'은 더 이상 물리적 개념이 아니기 때문이다. 서경식이 언급했듯이 그들에게 조국이란 그 어떤 현실적인 영역이나 민족적 계보, 전통적 문화의 범주를 넘어서서 모든 정치적 조건들 아래서 선택되는, "미래를 향한 태도의 결정"[13]을 의미하는지도 모르겠다. 바로 그 결정의 자리에 '글쓰기'가 놓여 있다는 점에서 이 값진 시편들은 재일조선인이 모국어로 구축한 또 다른 조국, "삶의 한 장소"라고 할 수 있다.

13) 서경식, 임성모·이규수 옮김, 앞의 책, 199쪽.